大鱼读品
BIG FISH BOOKS

让日常阅读成为砍向我们内心冰封大海的斧头。

就算哭泣不能改变什么

[韩] 朴濬 著

胡丝婷 译

中国友谊出版公司

图书在版编目（CIP）数据

就算哭泣不能改变什么 /（韩）朴濬著；胡丝婷译. -- 北京：中国友谊出版公司，2023.5
ISBN 978-7-5057-5612-0

Ⅰ.①就… Ⅱ.①朴… ②胡… Ⅲ.①散文集－韩国－现代 Ⅳ.① I312.665

中国国家版本馆 CIP 数据核字（2023）第 032391 号

著作权合同登记号　图字：01-2023-0845

운다고 달라지는 일은 아무것도 없겠지만
(NOTHING WILL BE CHANGED EVEN THOUGH YOU CRY)
Copyright © 2017 by 박준 (PARK JOON)
All rights reserved.
First published in NANDA PUBLISHERS.
Simplified Chinese translation Copyright © 2023 by Beijing Xiron Culture Group CO., LTD through Eric Yang Agency

书名	就算哭泣不能改变什么
作者	［韩］朴濬
译者	胡丝婷
出版	中国友谊出版公司
发行	中国友谊出版公司
经销	新华书店
印刷	嘉业印刷（天津）有限公司
规格	787×1092 毫米　32 开 6 印张　61 千字
版次	2023 年 5 月第 1 版
印次	2023 年 5 月第 1 次印刷
书号	ISBN 978-7-5057-5612-0
定价	49.80 元
地址	北京市朝阳区西坝河南里 17 号楼
邮编	100028
电话	（010）64678009

如发现图书质量问题，可联系调换。质量投诉电话：010-82069336

目录

走进　遮阴　　03

第一部
那年仁川　　06
那年庆州　　07
两张脸孔　　08
有些话语是不死的　　10
清晨响起的电话 —— 诗人李文宰　　12
等待这件事，记忆这件事　　13
信　　15
那年丽水　　18
早餐　　19
换季　　20
雨　　21
那年挟才　　22
苍白瘦削的光　　23
碧蹄行　　25
哭泣与呼吸　　28
梦房　　29
身体与病　　33

	现在再次	36
	孤独和寂寞	37
	旅行和生活	42

第二部	变得喜欢自己的时间	44
	那年画岩	45
	那年墨湖	46
	白日酒	47
	心的废墟	51
	记忆的平原	53
	来自海南的信	55
	哭泣	56
	通往屋顶的阶梯	57
	小说家金老师	58
	那年惠化洞	64
	那些声音	65
	关系	67
	回信	69
	爱的时代	70

第三部	迎接春天	84
	大小事	85
	再次离去的花	87
	那年幸信	88
	恰好的时节	89
	日常的空间，旅行的时间	94
	广场的一段时间	97
	猛药与剧毒	98
	初恋	103
	雨伞和雨	104
	寺	106
	志趣的诞生	108
	那年三陟	120

第四部	工作与贫穷	122
	不亲切的劳动	123
	所谓长大成人	130
	孤儿	135
	醋酱油	145

别哭了,爸爸		150
挥着手		155
贺!朴舟宪满周岁		160
中央医院		161
血肠和革命		162
死亡和遗书		171
我内心的年龄		176
年		177

走出 那年莲花里   181

走进

遮阴

其他人做过的事
我也通通要尝试
那些日子我曾如此下定决心。

这代表我自顾自地背弃了
某个明朗的时节。

曾有一段时间
我催促自己加紧不需要踏出的脚步。

第一部

那年仁川

那年,站在你面前我总是不太说话。
因为我已经在自己的嘴里绊倒了。

那年庆州

在某个巨大的坟墓前
你展开我的手掌
伸出指尖写下几个字
又将手掌合上。
我连写了什么都不知道
却久久地点着头。

两张脸孔

我们起程前往小岛。她说想要和我一起看日出,我说日落的景色应该会很好看。第一天深夜抵达,第二天太过疲累,在市区度过第三天后,我们可以看日出和日落的机会只剩下一次。

最后一天,终日浓雾弥漫、大雨不断。无论是距离可以看到日出的岛屿东面,还是可以看到日落的岛屿西面,明明路程都不远,我们却在过去几天的旅程中推迟了这两个行程,这让我们备感后悔。

抱着姑且一试的心情,我们在早上和傍晚分别去了观赏日出和日落的景点,灰蒙蒙的天空只亮了一下,没有出现一点夕阳就变成黑夜。然后,我们在那天晚上返回首尔。

没能看到各自想看的风景就离开了那座岛,我在回程中一直耿耿于怀。因为这让我觉得显然就像我们两人关系的缩影。她肯定也有类似的想法吧。如同我所预感的,我们的缘分没走多远就看到了尽头。

过了一段时间,我再次造访那座岛屿。这次只有我一个人。就像是迟来的反省般停留在那里,其间,我每天都去看日落和日出。幸好连日都是好天气。

越看越觉得日出和日落两种景色之间有很多相似之处。就像那年你无须特意修饰便无比明亮清澈的容颜,就像那年我没有刻意隐藏,任凭自己涨得通红的脸孔,又像初见的问候和最后的告别。

有些话语是不死的

和别人对话时我有个习惯，会要求自己努力记住对方说的至少一句话。"倒点热水给我"是外公留给我的最后一句话；"在之前见面的那间中国餐馆见"是我喜欢的元老级小说家老师说的最后一句话。让我深感歉疚的是，我无法在两位临终前见他们最后一面，而这两句话也成了他们给我的遗言。

除了这些先走一步的人留下的话，我也记得不少其他人说的话。在盆唐的某个街角，已分手多年的昔日爱人说："改天约在你喜欢的钟路见吧。"还有缘分已尽、自然而然疏远的前同事最后对我说的话："最近忠武路没什么好看的电影。"

现在的我不再和他们见面，即使偶然在路上擦肩而过，或许也只会用眼神短暂问候便各自走远。这么说来，那些话也算是他们留给我的遗言。

反过来看，我对他人无心的话语，也可能成为我留给他们的遗言。

所以就算是说同一句话，我都告诉自己要尽量说得更温暖、更好听一点。

但这并不是一件简单的事。光是今天一整天，在早上的业务会议时，我若无其事地写下"战略""歼灭"等令人悚然的战争用语；然后对午餐时间在餐厅偶遇的熟人说出"改天一起吃饭吧"这种老套的问候；晚餐之后我都是自己一个人，没有跟别人说话的机会。

话语从人的口中出生，在人的耳里死去。但是有些话不会死，会走进人的心里并活下来。

就算不是每个人都跟我一样习惯性地记下他人说的话，大部分的人心里也都各自带着累积的许多话语生活着。有些话让人害怕，有些话让人开心，有些话依然让人心痛，也有些话则留下心动的感觉。

这个夜里我想着你那颗有如一封写满密密麻麻黑色字迹的遗书般装满无数遗言的心。

清晨响起的电话
——诗人李文宰

"我很伤心,只好打给你。最让人悲伤的事就是某个场所不见了。因为那样的话,无论去哪里都无法找到那个地方了。你哪里都别去。哪儿都别去,快来钟路的清进屋[1]。现在就过来。"

---

[1]. 位于韩国首尔钟路,创立于一九三七年,二十四小时营业的解酒汤老店。(本书中注释除特别说明者,均为译注)

等待这件事，记忆这件事

我喜欢去太白。毫无来由，我经常去太白。向西流的汉江发源地俭龙沼和向南流的洛东江发源地黄池莲塘都在太白。山蓟菜、马蹄叶以及茴芹等香气怡人的野菜，也都常见于太白。但比起这一切，我更喜欢的是太白人家和废弃空屋交错林立的小村落，还有狭窄的黑灰色河水向前奔流的模样。

太白一度有超过十二万的人口，不过那是煤矿产业兴盛时的事了。当年的人口如今只剩四万余人。三户中就有两户人口流失，留下许多被弃置的空屋也理所当然。

我并不觉得废弃空屋阴森或不祥。那里曾有人点亮灯火、烧菜煮饭，并且彼此相爱、历经病痛，完整地度过了属于自己的时间。

就像要将自己和人们一起生活的时光葬于风中般，空屋渐渐倾颓，任凭风穿进破碎的玻璃窗和半掩的大门缝隙。

与每坪[1]房价破千万元[2]的地段随处可见、人赶人的事情屡见不鲜的城市不同，现在的太白有着另外一番面貌，让土地来拥抱人。

记住已经离开的人和等待尚未到来的人很类似，都像是要证明自己的存在。

---

1. 坪：土地或房屋面积单位，一坪约合三点三平方米。（编注）
2. 本书中出现的"元"指韩元。（编注）

信

我已经很久没有寄出或收到手写信了。最近一次收到，是来自去年春天在旧金山新婚旅行的某位新郎。他以"致我爱的诗人"为开头，接着写道："来到这里之后，看着其他人的生活，只觉得不管在哪里，生活都是件让人郁闷又开心的事，其中没有太多留白。"随后便画下了句点，是一封简短的信。但是当我收到信时，他已经重回首尔，我来不及回信给他。

几年前我因为一场意外失去了姐姐。不知道为什么，当时的我急着在几天内把她在商务公寓的住处整理好，好像她是被赶出来的一样。我让姐姐的朋友带走了名叫"鬼太郎"的俄罗斯蓝猫，烧了她的包包和衣服，丢掉了她的书。姐姐因为工作每个月会出几趟国，所以家里有不少稀有或昂贵的物品，不过当时在我眼里，一点都不觉得可惜。

然而其中有一份我无论如何都无法丢弃的东西，那就是她多年来收到的信件。在几个看起来已经有十多年历史的运动鞋盒里，装满了她这辈子收到的信。比起信封贴上邮票、盖了邮戳的信件，更多的是折得小小的纸条或从笔记本一角撕下的纸片。有内容简短的小纸条，也有用小小的字写在卷筒卫生纸上的长篇信件。

我对这些信笺感到好奇，随手打开一封来看。读了好一会儿，我在某个无关紧要的段落掉下眼泪。一九九八年秋天，她还是在女校上学的高中生，她和朋友用接力的方式写着信，信上写道："今天的午餐一下就被拿完了，我没吃到饭。"我无力承受一个已经不在世的人在十多年前的某个午饭时间曾感受过的饥饿，于是停止继续窥视信件。

活到这个岁数，多少有过被他人辱骂或指责的经历。有的时候是因为彼此之间的误会，当然有许多时候确实是我犯了错。可以肯定的是，我听过的辱骂和指责，大部分都是从口中说出的话语。

误会解开或气消之后，有时也会收到对方的道歉，仔细一想，这种情况下收到的道歉大多是以文字表达，而非口头致歉。就算篇幅再短，只要是与道歉、原谅、和解相关的文字，都让我感觉像是一封信。

我依然不清楚要怎么样活着才对，也不知道什么样的人生才是正确的。但往后的日子里我希望能收到更多的信。因为书信更贴近爱意与关怀，而不是愤怒或憎恶。因为在我心中，收到书信就是被爱，手写书信就是爱人。

今天我将写下迟到的回信。我们之间的信将会绵长不绝。

那年丽水

那年夜里星光

无法照亮我们所在的位置

但足以照进彼此的眼中发出光芒。

早餐

我喜欢死去的人。平白无故喜欢已死之人，要说是一种病也没错。不过另一方面我也认为，已离世的人比活在世界上的人多，所以会有这种想法也理所当然。

无论如何，能够重新出生的话，我希望能和比我早死的那些人一起重生在这世界上。但是这次我希望先走一步的人是我。我想比其他人先死，将我当初为他们悲伤的心情奉还回去。

从走进葬礼会场开始，一边忍着眼泪，一边喝热牛肉汤配烧酒，吃鱿鱼丝配啤酒，最后跟跟跄跄走进家里的心情，还有合上房门才爆发的眼泪，这一切我都想要奉还给他们。

就这样哭着哭着入睡，再次睁开眼的早晨，只有红肿的眼睛和依然痛着的心，还有虽然没胃口但因为必须吃点什么而塞进嘴里的饭。那一勺温暖的饭，我想让他们也尝一尝。

换季

换季时期我应该病得更重一点才对，不努力避免生病，不放下手边的工作去看医生，不多喝温开水，不撕开皱巴巴的药包把药倒进嘴里，应该一边想着那些堆积的担忧，一边病得更重才对。

卧病在床时应该把电热毯开得更热一点，让自己满身大汗到无心去挂念逝去的缘分，让自己在外来的寒意跟体内散发的热气之间无所适从才对。

应该做着无论如何伸长双臂也无法触碰到你的噩梦，然后将汗湿的被子翻面，继续度过漫无尽头的长夜才对。

应该在隔天早晨吃力地望着照进窗户的阳光，到处摸着确认自己稍微好转的身体，感受恍若重生般的心情才对。

应该从原地起身，一次次告诉自己不要过这样的生活、不要过这样的生活才对。

雨

　　　　　他说雨在落下
　　　　　我说雨正在飞
　　　　　你只说觉得伤悲。

那年挟才[1]

　　在没有一个认识的人的地方沉默良久

　　因为不需要聊到过去而稍微感到安心。

---

[1] 韩国挟才海滨浴场。（编注）

苍白瘦削的光

我喜欢睡觉。我往往通过睡觉来解决生而为人所必须面对的烦恼、恐惧和伤痛之类的情绪。离别的痛苦、对未来的担忧,还有难受得让人连声哼哼的高烧,也都可以在睡一觉后好转。

但有些回忆是睡觉无法解决的。那种时候我会召唤梦境。虽说是召唤,但并不需要什么特别的意识,只是一直想着同一件事直到睡着为止。

最近的梦里我常看见你。梦的场景是黑白的,你通常背对着我一言不发地坐着,或独自站在远方的田野上。但是运气好的日子,我可以看着你的脸,和你对话。这种时候我总是会忙着东问西问这段时间令我感到好奇的事情。不是问"还过得去吗?"而是"死了更好吗?""需要什么东西吗?""上次和你一起来的人是谁?"

某天因为见到久未现身的你实在太开心了,我还在梦里拜托你捏捏我的脸。你笑着用力捏了捏,我却纳闷为何一点都不痛。

直到那时我才醒悟自己身在梦中。我号啕大哭起来。你没说话,伸手抱住哭泣的我。眼泪流个痛快后,醒来时晨光正落在我身上。那道光就像你一样,苍白而瘦削。

碧蹄行

我住了很久的小区附近曾有个火葬场，正式名称是首尔市立火葬场。在我出生之前，火葬场在一九七〇年的冬天迁至高阳市碧蹄，但大人依然把那条横越小区的大路叫作火葬场路。当时的火葬场总共有十七个火化炉，其中位于正中间的四五个火化炉火力较好，办丧事的人家通常会为了抢占那些火化炉而多给司炉工一些钱。当然，火葬结束后，掏钱拜托工人在捡骨过程中将遗骨处理得更细致也是惯例。

摇铃声、抬棺人的挽歌和丧亲者的哭声从早到晚在小区里不绝于耳。有时也有穷人家的丧事没有灵车和送葬队，只用推车载送尸身。一九六〇年年中起，取代抬棺人的运棺巴士开始行驶于大路上。幼年的我常常在建于火葬场原址的图书馆里一面从山坡上俯瞰，一面在脑中想象着送葬队伍的画面。

我第一次去真正的火葬场而非火葬场的原址是在高中时。当时学校位于钟路，住得离学校最远的俊范家在碧蹄。俊范脸孔白皙，有着一双大眼，笑的时候从来不会只笑一声，一定会连续笑三声。俊范家在碧蹄火葬场附近的一间塑料温室里。神奇的是，虽然外观是塑料温室，但室内和一般家庭看起来没有什么不一样，这一点让我印象深刻。

和俊范道别后，回家的路上我在火葬场前的公交车站等公交车等到一半，便踏上坡道，经过停车场后走进建筑物里。以大理石打造的建筑内部有二十多个火化炉。随处有抽烟的人、哭泣的人。地下室有人在吃干白菜汤。一群人看起来像是火葬结束后正要搭公交车离开，很快又有一群人肿着眼睛从另一辆公交车上拥下来。

创作这篇文章的时候,我翻开了当年写的日记,我去火葬场的那天是二〇〇〇年四月五日。日记里,写着这样的句子:"如果再去碧蹄的话,希望是越久以后的未来越好。"我还写道:"人的最后能够和以树木做成的巨大厚重的棺柩一起度过,这个事实让人感到庆幸。"

不过事实和当时的心愿相违,不久后我再次去了碧蹄。尽管令人感伤,但往后也一定会再度造访。即使如此,我们人生的终点将被安放于一株在某个深林里长大的树木和曾共度一段时光的人们的悲伤之中,这个事实依然令我深感庆幸。

哭泣与呼吸

　　痛哭、人、身边、哭声、悲凉、似断非断、延续着的、哭泣、之间、传来的、呼吸声、就像要驱走哭泣般、急促地吸着气的、呼吸声、哭泣、比哭泣更悲伤的、声音。

梦房

我搬到了一个叫作"花田"的地方。那是很久以前建造的一间韩屋,格局宽敞,呈"口"字形。或许是因为久无人住,不但漏雨,梁柱也歪斜毁坏了。在整整过了两个季节,费了好一番工夫之后,才有了人住的样子。

虽然我也喜欢院子里的紫丁香和后墙里的菜园,但家里最让我钟爱的还是窗向北开的那间厢房。听说很久以前曾有位巫女[1]租下这间厢房,布置成婚房使用。因为采光不良,房里总是阴暗潮湿。

那时我在便利店做夜班兼职。晚上十点开始上班,早上九点回到家。厢房不但非常适合用来在白天睡觉,而且离父母所在的内宅又远,可以避开父母的注意,偷偷找一些新鲜的事情来玩,这一点也让我很满意。那间房间里的一切由我主宰。

---

1. 韩国的传统巫师,从业者主要为女性。(编注)

特别是在那间房里睡觉总是会做梦。梦也不是一般的梦,而是全彩的、如电影长镜头般没有停顿的、栩栩如生的梦。我好奇这种情形是否只发生在自己身上,所以让家人和偶尔来玩的朋友都到那间房里睡睡看,大部分的人都和我有一样的体验。

因此,在那间房里的梦就像白纸一样。睡前窝在被子里,把那天想要做的梦在心里描绘出来,几乎都可以梦到差不多的画面。梦里我是跃上文坛的诗人,也是动作电影明星,还品尝了这辈子一次都没吃过的黄姑鱼生鱼片,用它蘸大酱吃。

我也找了很多关于"梦"的书来看。非洲的某个部落会用一种"梦的滑降法"造梦。闭上双眼,想象广袤的大地,尝试让自己的身体浮在空中,然后回到地面,在脑中反复这样想，就可以进入平常想做的梦了。我想提高梦的准确度，跟着这个步骤试验了数次，结果每次都梦到在沙漠里行走。

问题在于晚上。晚上在厢房做的梦和白天不同，都是噩梦。除了常常被噩梦缠身，也会梦见从可怕的梦中惊醒而想要跑到父母所在的内宅，却发现房门烧了起来或被锁链锁死的"双重噩梦"。这一点也是在厢房睡过觉的人的共同经验。

过了没几年，我们家搬离了那个地方。屋主看到曾形同废墟的房子找回了家的样子，便拒绝继续租给我们，自己搬进来住。不过或许是因为管理不易，屋主住了不久便又搬走了。去年春天，我重回花田的那间房子，一片废墟。空房再次漏着雨，费心砌好的土墙也塌了不少。

但空气中依然飘着紫丁花香，后墙内杂草丛生，栽种的树木变得更加茂盛。虽然无法进到房里，但那间曾被我称作"梦房"的厢房，似乎也一如过往满溢昏暗的光影。

我想在花田的那间屋子消失之前，再进去厢房里睡个午觉。我想做一场与你相遇的梦。准备好一桌饭菜，和你一起坐着吃饭，说说这段日子以来没能说的话。有时间的话，也想念几首自己写的诗给你听。

想一直送你到门外，再回到房里一缕一缕地捡起你掉落的发丝，打扫家里。然后我会从那场长长的梦中醒来，一脸茫然地坐着，忽而产生巨大的饥饿感。

身体与病

我们的身体经常生病。仔细回顾我的一生,虽然没有生过什么大病,但有无数的细琐小病来去我的身体——经常发生扁桃体发炎、咽喉或喉头红肿等情况,也曾因为疱疹病毒扩散而苦不堪言,酸痛无力或感冒更是三天两头找上门。相比之下,每年发生一两次的偏头痛算是少见。我对于小时候得过的肺炎,则是一点记忆也没有了。

其实,大部分的病痛都不是在某天突然暴发的。举例来说,糖尿病或高血压需要达到一定数值才会被诊断为疾病,但数值在正常范围却渐渐上升的话,就可以视为处于疾病的前一阶段。这个阶段在韩医学[1]中被称为"未病"。

未病时期的治疗效果卓越,但从另一方面来看,人们在这阶段通常很难有所察觉。我想,这一点就像我们

---

1. 韩国的传统医学。(编注)

与他人相连的关系一样。人和人之间关系的破裂通常不会始于某天突然发生的事件,而是当心里微小的纹理产生错位时就开始了。然而可惜的是,我们往往将这微小的错位等闲视之,略过不管。

病征和痛症会告诉我们现在未病阶段结束,身体开始生病了。大多数的内脏和器官通过痛症告诉人们自己的存在。胃痛开始后,人们才知道"原来胃在这个位置啊";在腰痛的时刻发现手脚发麻,才重新认识到全身的神经其实都是相连的。

这一点也令我再次思考人与人之间的缘分。当关系圆满的时候,不太会留意我有多么为对方着想或对方有多么为我着想。我想是因为如果其中一个人有所欠缺,只要另一个人来补全就好。

但关系终结之后，我们就会开始估算这段时间彼此付出的心意大小和温度，这时候则会患上不是滋味或后悔之类的心病。尤其当缘分并非出于彼此的意愿而结束，我们的心会经历剧烈的痛症，这样的痛楚足以让人后悔诞生在这个世界。

最近几日，我也生病了。我以为这是工作到很晚、喝酒到更晚的日常生活的终结。我心想会这样也理所当然，莫名地也有些享受。疼痛、高烧和口渴接连袭来。体温尤其在夜里升得更高，严重时觉得连躺着的房间里的景象都开始变得超现实。

用手摸肩膀时有种异物感，这种感觉像是我在抓着别人的肩膀，又像是别人在抓着我的肩膀。我不讨厌这种感觉。就这样睡去后，伴着早晨的冷风醒来，好像有谁仍然抓着我的肩膀一样。

现在再次

　　一起度过了无须期盼和祈求什么也无尽美好的时节。

　　那些日子全部过去了
　　在心里祈求自己能够再次无所求的日子一天接着一天。

孤独和寂寞

我曾去辩论补习班学习过。或许是因为担心孩子格外话少又生性害羞,父母从所剩不多的生活费中挤出钱来,把我送去了小区里小有名气的辩论补习班。

但与父母的期望相违,我的消极性在去了辩论补习班之后有增无减。补习班同学们喊着"有自信点""声音大一点",洪亮的声音使我更加怯懦。补习班会定期举办辩论大会,邀请父母观赏,但我一次都没有在大会上台辩论过。

该说是幸好这样吗?日后随着上学,我的个性一点一点地改变。虽然每次新学期还是会因陌生的环境感到忧郁且战战兢兢,但我总是很快就能交到新朋友,然后在自己所属的团体里安然地过着日子。就这样,我对与人相遇、交往这件事渐渐熟练。

第一次认识某个人的时候，我喜欢主动谈起对方会喜欢的话题、听对方想说的话。再次相遇时，我经常会回想一两句对方说过的话——就算是再琐碎的小事，以此为基础进行更深层的对话。在关系渐远之前主动问候对方、约出来见面，也是我常做的事。有时候从礼拜一到礼拜天，每天都约得满满的。

但是我无法继续用同样的态度向外拓展新的缘分。因为比起生理上的疲累，心理更容易感到疲乏。就像再怎么喜欢的食物吃太多也会反胃一样，我相信我们生命中建立的关系也有定量。当然，这个定量因人而异，至少可以确定的是，我没有一次维系很多关系的能力。

世人渴望知道该如何维系兼具广度与深度的人脉，无数自我开发相关的书和演讲补习班证明了这一点。然而，没有人告诉我们该如何明智地减轻过重的人际关系。当然我也找不到完美的方法，目前所能想到的权宜之计是关掉手机，去陌生的城市找个地方住几天。与其说是旅行，不如说是逃避。

我在陌生的城市一边靠外卖解决三餐，一边在脑海里探看着过期的爱情与随意度过的时间，想着不如意的过往和心有余而力不足的未来种种。我可以预见独善其身的尽头只有更锋利的独善其身。"我想在时间中落脚，但时间不是一个可以居住的地方。所以我转身看向永远，那是一个甚至无法踏足的地方。"齐奥朗[1]的这段文字时时浮上心头。

---

[1]. Emil Cioran（一九一一至一九九五），罗马尼亚旅法哲学家，二十世纪怀疑论、虚无主义重要思想家。

度过几天与世隔绝的日子,我便会开始想念自己逃离的地方,体会到曾让自己感到沉重的那些缘分有多珍贵,然后想再次见到他们清澈的眼神。

几年前,在与一位喜欢的诗人前辈喝茶时,我向他坦白了这种孤僻的习惯。那位前辈很高兴地说自己也有类似的习性,接着说了以下的话:

"孤独和寂寞是不同的感情。寂寞生于与他人之间的关系,举例来说,不被他人理解时感受到的情绪就是寂寞。相反,孤独应该是来自与自己的关系。当我无法理解自己时,我会变得孤独。我们在见到某个人之后,或许可以说不寂寞了,但孤独的感觉不会因此消散。只有在我们遇见自己时,孤独才会消失。然后,也可能在转瞬间再次感到孤独。"

春天再次到来。漫漫冬日间一直推延的约定日趋频繁。重新拥抱那些令人感激的缘分,这次我不会推辞邀我同饮的"春酒",而是尽兴地喝,就这样在与人的相遇间减少生活的心酸和寂寞。孤独的瞬间或许会在不知不觉间袭来。这种时候,我会再次关上手机前往某个地方,遇见自己之后再回来。

或许是旌善或太白,三陟也不错。无论在哪里,当遇见久别的自己时,我一定也会像迎接重新到来的春日般满心欢喜。

旅行和生活

我希望我们共度的瞬间
留给我一场旅行般的回忆
留给你日常生活般的回忆。

这样一来
往后我们无法共度的漫长时间
对你而言将如同一场旅行
对我而言将如同日常生活。

第二部

变得喜欢自己的时间

我生活中的许多时间都在对自己不满意的状态下度过。我也常常自嘲式地自问"我为什么只是我自己"。

当然，极其偶尔，我也会有变得喜欢自己的时候。可惜的是这种时候通常不会持续太久，我也不清楚有什么方法可以召唤出这种时刻。

但我倒是很清楚什么时候我就算再怎么努力，也无法喜欢自己。让亲近的人心痛时、对自己问心有愧时，我无法喜欢自己。欺骗别人的时候我也不喜欢自己，不过更让我远离喜欢自己的状态的，是欺骗自己的时候。

当我在伤了别人的心之后被自责和后悔折磨时，当被欺骗的我原谅自欺欺人的自己时，当我不对贫穷与缺陷感到羞耻并愿意不加掩饰地展现自己时，我相信，只有到那种时候，我才算真正做好了喜欢自己的准备。

那年画岩

看似将停的雪
再度倾泻而下
回去的行李收拾到一半
我停了下来。

那年墨湖

想要试着活下去
想要活着而前去的地方。

老旧的事物在这里更加陈旧
如今一切已然变得陌生的地方。

墨湖。
或说是
这个地方。

白日酒

就在去年年末，看着过去的一年，每当见到亲近的人时，我就会抱怨这个冬天一点都不像冬天。有人说冬天不就是该下点松松软软、一踏就会陷进去的雪，吹点让人偏头痛的刺骨寒风吗？只有这样，以寒冷为由喝的烈酒才能变得更加醇香，一堆既不浪漫也不豪言壮语的话才能脱口而出。

随着正月的到来，这样的情况有了变化。大雪和严寒交错来袭。虽然主要道路还有办法除雪，但小区里的小路严重结冰，人们一段时间内无法开车通勤。步行至车站的二十多分钟里，头颅一侧因寒风疼痛，另一侧则因宿醉昏沉。

现在一想，从可以合法喝酒的二十岁开始，酒就一直在我身边。话虽如此，我不曾有过没酒就无法度日的时期，也不信只有借酒才能以真实的一面接近其他人，只是单纯地喜欢酒本身。

喝酒迎接春天，喝酒冷却酷暑，觉得秋意凉爽喝酒，觉得深冬寂寥也喝酒。另外，和喜欢的人一起喝的酒更好喝。这么说来，酒友也分好几种。

和创作文学的朋友一起喝的酒算是一种问候。通常约在白天见面，说好一起吃顿饭，见了面却把吃饭一事抛之脑后，喝起了白日酒。诗人崔英美在诗集《三十，宴会结束》中写道："白日酒不会醉。"我和朋友喝白日酒时总是把这句话挂在嘴边。一直到了深夜或隔日清晨，分手之际，该醉的也醉得差不多了。白天见的面也没有什么意义。

不管有没有在创作文学，对于一直活到今天的我们来说，现实都使我们放弃了些什么，也忍受着些什么。当然，这不是因为受到谁的强迫，而是我们自己选择的人生，即使有所不满，也只能放下。尽管如此，在生活突然变得茫然的时候，如果能和身处类似处境的朋友见面喝一杯，会是极大的慰藉。

既然相遇在名为酒的广阔世界里，通常生物学所定义的年龄就不太重要了。我会约出来喝一杯的酒友中，偶尔也有比我父母辈分更高的长辈。与朋友对饮让我能够放松做自己，与这些长辈以酒相会则让我学到很多东西。

我曾向一位家在南岘洞、目前已故的老师那里学到不少美食之道。那位老师尤其喜欢各式各样的鱼鲜跟海产，给当时只接触过鲽鱼、石斑或是海鞘、海参等常见食材的我打开了一扇新大门。

一位现在仍时常相约、从出生至今都住在钟路的老师则带我认识了首尔的老酒铺和各种烈酒。从钟路、乙支路、忠武路一直到城北洞，我重新描画了脑中的首尔地图。

记得是惠化洞的一家日式料理店,在一件令我心力交瘁、难以承受的事情刚结束时,我们约在那家店见面。那位老师应该也对发生在我身上的事略有耳闻,但他并未谈起那件事。只是在我们各自饮尽一瓶烈酒之际,沉默良久的老师开口说道:

"活着这件事很陌生吧,也很辛苦吧?如果有什么是值得人感到庆幸的,那就是年岁渐长这件事。纵使生活并不会因为你年岁渐长而放过你,但你至少会懂得尽量少碰那些令自己不好过的事或把自己逼得太紧的事。"

老师的那段话不仅对当时的我来说是莫大的安慰,在往后生命中的各种场景里也不时跃上我的心头,像下着雨的午后突然想喝一杯般自然而然浮现的那段话,或者像在过量饮酒后,次日早晨的凉白开般恳切的那段话。

心的废墟

"不和恋人脚对脚比大小、不送所爱的人鞋子、进门时不踩门槛、不用剪刀空剪、不在房里吹口哨、不在晚上剪手指甲脚趾甲、不用红笔写人的名字、不在重要的考试前吃海带汤……"

回想起来才发现,我活了这么多年,对于那些连长什么样子都不知道的人所编造的迷信之言深信不疑,却往往对于真正该信任的人怀抱疑心,无法相信对方和对方说的话。

又岂止是对别人?生命中的许多时刻,我甚至无法将心交付给自己,好像有多相信就会换来多大的伤害一样。

在我一生所体会过的感受之中,"信任"仍然是最抽象又最缥缈的一种。这种抽象与缥缈与其说是"不知道相信的对象会不会背叛我"的不祥预感,不如说是不知道这种名为"信任"的感受何时会磨损、厌倦、褪色的不安感。

我曾相信过许多话、许多人和许多时刻。有些话并没有打破我的信任，也有不少使信任更加深厚的人，预期中的一些时刻也如期到来。但跟这些相比，更多的情况是信任破灭崩塌。踩空的心，每份心意都宛如一片废墟。

纵使如此，我还是会在心的废墟中再次建立起新的信任。因为我相信信任诞生于晦暗模糊之处，而非明亮清晰之处。黑夜过去，白昼将再次到来。没有什么时候比此刻更适合在心中为新的信任整理出空位了。

记忆的平原

查看很久以前的报纸是我的兴趣之一。从新闻事件、名人逸事到广告、电影海报，当年的新闻在现在的我眼里全都饶富趣味。版面一角的"机场动向"也让我特别感兴趣。

"机场动向"刊载了每天进出机场的乘客名单以及出国目的、航班。或许是因为那个时代一般人出入国境受到限制，会出现在"机场动向"上的人大多是高官、政客或艺人。

离圣诞节只剩一天，机场里人人奔走忙乱，我在等待搭乘自己的航班。如果现在报纸上还有"机场动向"的版面会是怎样呢？这样的话，我的出国目的栏就要填上"躲避寒流"了。我脑海里浮现出这个有点不着边际的念头。

在飞翔于海拔一万米的飞机里能做的事情不多：面无表情地看先前没能看的电影；勉强进入难受的睡眠状态；翻看航空公司发行的刊物；忍了又忍才去洗手间。一般来说，就只有这些事可做。向乘务员选择自己想喝的饮料、拌饭配鸡肉或是牛肉，说这是出自自己的意志或是无可奈何的选择都有些牵强。

怀抱着兴许能逃避单调乏味的想法，我拿出在免税店买的迷你瓶装麦芽威士忌，为了不让酒味散出而一口饮尽。随季节变换来往的候鸟必须数日间不断振翅飞翔，体形越大的鸟能够在越高的高度飞行，这类科普事实在我脑中浮现。然后我又花了吃奶的力气去回想，很久以前写在你日记封面的标题究竟是"短暂的春日阳光"还是"短暂的春日，长长的阳光"。

长时间思考漫长的时间和遥远的空间，会心中憋闷，但我觉得这一瞬间就像置身寂静广阔的田野一样。

海天一色的某个太平洋小岛，在飞机到达那个地方之前，不，也不需要到那么远的地方，记忆的田野就足以让我享受很久。

来自海南的信

我先把白菜寄给你了。
过了冬天你下来一趟。
我没有什么可以给你的,
见面了让我抱你一下吧。

哭泣

喜欢人这件事
很多时候就像哭泣一样。

没办法刻意开始,
也无法说停就停。

有时不停流淌,
转瞬间又滴答欲止。

通往屋顶的阶梯

温热的气息从口中迸出。昨晚的几次哭声就像无力继续往上爬到最高点,最后只能往低处倾泻而下一样。不知道天色随着上行的脚步一步步变白是否只是我们的幻想,直到打开屋顶的门才看见苍白天幕随处悬挂。

小说家金老师

我认识小说家金老师是在二十五岁的冬季。我和老师在同一天到职惠化洞圆环附近的一家小出版社。当时刚从某大学退休的金老师担任即将创刊的文学杂志主办人；刚退伍的我则是初次踏入职场，负责杂志的编辑业务。

起初金老师在我眼里是个无比严肃的人。他从来不会主动开启任何对话，当我有问题请教时，也只会给我断然简洁的回应。老师严谨的语气和低沉的声音总令我明明没有做错什么事却感到畏缩。除此之外，老师一边的瞳孔泛着深沉森冷的青蓝光芒，头发般乌黑的长眉与深青色的眼神交融，更加重了我面对他时的压力。

话虽如此，他也有让我感到比较自在的时刻，那就是只有我们两人一起喝酒的时候。互相斟酒对饮，不需要多说什么,时间便在不知不觉间自然流逝。老师讨厌我别过头喝酒[1],问题是随着酒意渐浓,我仍会屡屡反射性地别过头,一个晚上反复好几次同样的失误。这种时候老师总是笑着说:"朴同学,不要讲究奇怪的礼仪,放开来喝吧。"

两人对饮比对话还多的生活日复一日地延续着。午饭的佐餐酒延长到晚餐时间是常有的情况。每到下雪的日子,我们会从惠化洞走到城北洞喝酒。如果是晚上有约、没有充裕时间的日子,我们会到如今已被拆除的惠化高架桥下的小吃摊,切点鲍鱼或海参,约好各自喝掉一瓶烧酒就走。当然,这个约定通常没有人遵守。

就算在假日,老师还是会把我叫到他家附近的舍堂站一带;在没有

---

[1] 韩国饮酒文化中,晚辈喝酒时必须别过头,不能面向长辈。

约的周末，我也会偷偷给老师发短信："昨天还是冬天，今天春天就来了。老师您觉得呢？"

尽管我和老师的年纪相差四十多岁，我依然很享受我们之间的对话。老师谈起的话题主要是自己的幼年时期或一九六〇年前后他初入文坛时的情势，还有已作古的文人的逸事。他发现自己说得太久时便会停下来，转而向我问起各种问题。

当自己说话的时间和倾听对方说话的时间适当交错，良好的对话便会诞生。这一点我是在那时从金老师身上学到的。配合金老师的提问，我聊着我的家族史、恋爱、往后想写的诗、喜欢的音乐或电影等，不过比起所吐露的故事，我想我更常显露出的是稚气和青涩。

有一个场景让我更加喜欢金老师。当时出版社有一间专门提供午餐的餐厅，那里会交替供应黄花鱼、青花鱼、带鱼和马鲛等鱼类料理，一人份每餐提供一块。当时某位刚进公司的经营管理组同事因为过敏不能吃鱼，格外爱吃鱼的老师每次都会替那位同事吃掉那碟碰都没碰过的鱼类料理。而令我印象深刻之处是老师在吃之前总是会先问那位同事两三次："你不吃这个吗？"

一直到那位同事离职为止，老师从来没有一次省略不问，一定会先向对方确认后，才将装着烤鱼的碟子挪到自己面前，再一点不剩地好好品尝。我喜欢老师这种无论是再理所当然的琐碎小事，无论是对谁，都不失郑重和礼貌的态度。

五年前的春天，老师离开了人世。在他辞世三个月前我们最后一次见面，那时他告诉我腰痛，自己明早要去韩医诊所一趟。于是我们只小酌了几杯，他便起身离去。我跟出去帮他叫了出租车，对他说了声"请慢走"。这成了最后的会面。

后来我才听说，老师因为腰痛一直没有好转，换了几所医院，才突然被诊断为癌症末期。在那之后，老师除了家人外再也没有见过任何人，独自准备面对死亡。

我在老师的灵堂感到不知所措。在遗属和吊唁的访客眼中年纪小得可以当老师孙儿的我，既没有在现场为亡者守灵的一席之地，也无法放下遗憾哀痛的心情转身回家。经过思考，我决定留在葬仪式会场的大厅。隔天清晨出殡结束后，前往碧蹄的路上我一直听着Sanulrim乐队的《再见》[1]。

---

[1]. Sanulrim，成立于一九七七年的大韩民国摇滚乐团。

很久以前,老师在舍堂洞某间生鱼片料理店问我喜欢什么歌的时候,我回答了这首歌——以"再见,我可爱的朋友,远方传来轮船汽笛声时,为我哭泣吧,在沉睡的夜里,无人知晓地独自哭泣"开始的歌,最后唱着"再见,我小小的爱,远方的星光闪耀时,告诉我吧,无人知晓地哭着,说你要远去"的歌。

那年惠化洞

　　想着墨湖和统营[1]春天开满花的道路
　　却因为走不开只能踏上前往回基[2]的路。
　　就连这样都还没到目的地便从惠化[3]折返的路。
　　独自行走的夜路。

---

1. 墨湖与统营分别位于大韩民国江原道及庆尚南道。
2. 回基站,位于首尔。
3. 惠化站,位于首尔。

那些声音

只能以声音开始的东西、以声音结束的东西、身姿、每次清痰的时候、心灵贫困的国家、时分、大瓶子与洪水、熟睡、肉、继续做梦、进入、再穿一层外套、习惯、举止、不安、夏天的尽头、水渠、面、彼此的身边、结冰的土地、鸡冠花、颜色、梅雨、墙、夜、榧树、高敞、海南、龟尾、车站、砖、残像、流泻而出、承诺、困意、毛躁、锅子、路费、病、广播、背、抚摩、旅馆、黑暗、纹样、世上的傍晚、向阳之地、午夜、歌手、避开女人、行走的人、流下、月历、纸张、对于离去这件事感到好奇、险恶、陌生的声音、灰色、末伏、父亲、简单、不回来、踏板、峭壁、类似、雾、胶合板、糯米、整天、说是什么时候、把头悄悄地、野山、不是悲伤的悲伤、眼中的眼、有荠菜样子的荠菜、行列、歪斜、好像不是想要拓宽就可以拓宽的东西、叹息、阶梯、眼睛痛的梦、不知道的名字、不像样的声音、呼噜噜、沉默、第一次凝视你的、脖子。

关系

在我们的一生中，让我们感到格外煎熬的问题通常始于人与人之间的关系。当然，除了家庭、朋友或职场的人际问题，我们面对感情或爱情关系带来的问题时，心会尤其酸楚。

当对方爱自己的心意小于自己爱对方的心意时，我们会患上一种名为单恋的病。这种病是热病。从发病到治愈，随单方面的意志开始，也随单方面的意志结束。不过，单恋这种感情，我们从小开始便经历许多次，当经验累积到一定程度时，调节起来对我们来说没有太大的困难。

比起单恋，更困难的问题是对方喜欢自己的心意大于自己喜欢对方的心意。这种时候，对方在我们眼里只会剩下无尽的负担感。

反过来说，对方和自己付出的感情涨到相近的高度时，我们之间的关系就会升华到恋爱和爱的境界。在恋爱和爱的世界里,关系是无比饱满、仁慈及美丽的。但不幸的是,以名为感情的不安定材质层层堆叠起来的世界并不那么稳固,也绝对不存在所谓的永远。我们随时都可能迎来关系消亡。

我曾经发消息给已分手的恋人或在深夜给对方打电话。当然也发生过相反的情况。然而我并不想把这个状况称为所谓的"迷恋"。我认为这只是因为关系还没完全死去,是为了根绝这样的行为并斩断关系而经历的过程。

当我闭上双眼试着回想自己最开心的时光,眼前浮现的是无比美丽的恋人曾经流露的笑意。我隐约可以看见自己的轮廓倒映在恋人清澈的眼眸。

或许我想念的不是曾爱过的那个人,而是过去那个全心全意爱着对方的自己。

回信

当明天晨光透进来
我会把我最柔软的那些东西
展现给你看。

希望你看了一会儿
把它们收起来之后
会有总是想再翻开来看看的心情。

平原

准确地算来,我在十年前的冬天读了《挪威的森林》(文学思想史出版社,一九八九)。那时我暂居在一个地处宽阔平原的城市。比起读书,我花了更多时间在外游走。客运站附近一栋兼备快餐店和医院的八层大楼是那座城市里最高的建筑。我留宿的小旅馆就在那栋建筑旁边。

不论在城市的哪个角落,都可以一眼望见那栋八层楼的建筑物。好处是任凭脚步带领我走上陌生的道路,也不用担心找不到回旅馆的路;问题在于,怀抱着这种安心感的我总是因毫无顾虑而走得太远,每次都走到筋疲力尽才不得不返回住所。行走这件事没什么特别之处,然而行走于平原对我来说有种不太一样的质感。

我留宿的旅馆入口挂了一面大大地写着"月房"的牌子,看起来是预付一个月住宿费就可以享受不到原价五折的优惠。我因为喜欢"月房"这个名字,明明知道是什么意思,依然刻意询问。"房间里的烟灰缸是蛋白粉的铁罐,您是不是肝不太好?"我以问候健康的方式向整天只盯着电视看的老板打开话匣。很快,随着话题打开,我问起了"月房"。在那次对话中,我得知一件令我印象深刻的逸事。

在我入住前不久,旅馆曾发生过一场小骚动。某个年轻女子租下"月房",说要在这里写作。年轻女子独自长期投宿多少让老板有些挂心,但看她经常叫外卖吃,每隔几天会去一趟超市,老板也就放下心来。那女子未住满整个月,在第二十四天收拾好行李搬离了旅馆。

然而，老板说那女子搬出去时并不是一个人，还有在附近的军营服役的男友。不知道为什么，她的男友离营外宿之后并未返回部队，而是在恋人租的旅馆房间里停留了二十四天。男子不久便向宪兵队自首，女子则返回自己的故乡。

我回到房里，想象着他们度过的二十又四天的时间。近年来多行三日葬[1]，这段时间之长已足以让一个人死八次。想象他们在这儿的最初两三天，我被不安感笼罩着。想象到了第四五天，我想起年轻恋人的亲昵姿态。过了一周左右，我回忆起自己对常驻身边的事物所展现的轻松态度。这种感觉让我想吃用炭火烤的烧肉，也想起白色鱼肉和熬得清澈透明的鱼汤。

---

[1]. 韩国葬礼通常在亡者往生三天后举行。三天内进行守灵并接受问丧，直至出殡，称为三日葬。传统习俗中有三、五、七日葬等。

半个月之后,他们停留过的房间开始像宇宙空间一样失去重力,人在空中飘浮着。过了二十天,不安感重新找上他们,在我的预想里,其中还掺杂了枯燥和鄙陋的心情。接着迎来了第二十四天,他们从房里走出来,我也从想象之中走了出来。我们都累了。

他人的底线

次日,我顺道走进那座城市唯一的一家书店。书店也贩卖新书,但店内把更多空间割爱给租借用的影片和书籍。我在那家书店的租借区数次拿起又放下自己一次都没读过的村上春树的小说。

和大学时期一起念文学的朋友喝酒时，村上春树的小说偶尔会成为我们的话题。评语大致上都是"三流恋爱小说""没有深度"等。此时，若是拥护村上春树小说的人出声了，那天的酒会就会变得无尽乏味冗长。当然，没有读过村上小说的我只能一面在角落困惑着"世界上有一流的恋爱吗？"一面嚼着干枪乌贼或鱿鱼须，直到咬肌酸痛。

我在书店租借区的村上小说中挑了《挪威的森林》走向结账台。店主看我要租借十天之久，便说不如直接把书买下来吧。店主表示，因为书上留下不少使用痕迹，替换用的新书下周就会送到，只跟我收了租借费，便让我把书带走。

回到房里，我翻开书。书比我预想的更脏，上面有疑似咖啡渍的污点，也有不少被画线或做了笔记的页面。我并未从头翻阅这本书,而是从阅读过这本书的人所画下的线开始看起。

生于声音,死于声音

对某种人来说,爱是从根本不值一提的或者非常无聊的小事开始萌芽的,要不然就萌芽不了。
——《挪威的森林》,一百三十页 [2]

爱情往往没有明确的起点与终点。我们可以记得开始交往的那天,庆祝交往一百天、一周年、一千天的纪念日,但通常没有人记得并记录下爱情真正开始的那一天。随着爱意在不知不觉间滋长,人们才进而开始交往。交往这件事总是比爱意萌生迟一步发生。

---

[1]. 本书中《挪威的森林》译文引自林少华译《挪威的森林》简体中文版,上海译文出版社,二〇一八年版。(编注)

若是说到分手,事情就变得复杂许多,有不少人就算爱意已经全然消散,却仍无法与对方分手,而是选择继续交往。与之相反,即使还爱着对方,却依然选择分手的情况也不少。不过,人们能够感知到爱情开始与终结的预兆,就像在小说里写的"爱是从根本不值一提的或者非常无聊的小事开始萌芽的"。

对我而言,那就是声音。无论是对方迸发的笑声或是低声哼唱的歌声,甚至连干咳的声音听在耳里都觉得讨喜时,我就知道自己坠入爱河了。反之,当对方特有的语气或是随意哼出的歌曲、咀嚼食物的声音听来格外刺耳时,我便能感知到这场爱情即将结束。

变化与善变

在爱情的世界里，聆听声音的方式不一样。晚霞退去后夜幕降临的速度不一样。返家的夜路不一样，清晨窗外空气中的寒意不一样。明明原本都是一个人吃的东西，不得不独自享用时的感觉不一样。凝望着熟睡的对方，眼眸中萦绕着轻柔的光彩；注视着从沉睡中醒来的对方，双眼不自觉地盈满深沉的目光。

人们一旦坠入爱河，身心便须经历无数次的变化。这么说来，恋爱中的人总是善变这话也不无道理。平时看起来不知嫉妒为何物的恋人，开始交往之后却因为对我过去的经历感到嫉妒而浑身颤抖。就在不久前，我不得不痛心地目睹这样的画面。

比方说，我现在对你说想吃草莓蛋糕，你就什么也不顾地跑去买，气喘吁吁地跑回来递给我，说："喏，绿子，这就是草莓蛋糕。"可我又说："我已经懒得吃这玩意儿了！"说着"砰"一声从窗口扔出。这就是我追求的。

——《挪威的森林》，一百三十页

实体

我想起两年前我邀请景仰的前辈小说家来家里的那天，生日相近的我们约好一起办生日派对的那天。我将皮尔森啤酒塞满冰箱，为了帮忙备菜而来的后辈买了红酒。后辈前脚才刚进门，前辈也提着日本清酒来了。我们那天喝的酒实在不是该在一天内喝完的量。我记得那天的话题主要围绕着棒球、恋爱和露营,并没有聊到文学。

我在酒局的最后不小心睡着了,直到为了送前辈离开才起身。我们一起走着夜路,前辈一面朝大马路招呼着出租车,一面说了这段话:"无论是政治或社会,在一人独裁的决策结构下一定会出问题,不是吗?我想恋爱关系也一样。"我重新思考着前辈那时说的话,同时琢磨了好一会儿下面这段被某人画线的文字:

她所希求的并非我的臂,而是某人的臂,她所希求的并非我的体温,而是某人的体温。而我只能是我本身,于是我总觉得有些愧疚。

——《挪威的森林》,五十五页

对方爱的那个人可以不是我，可以是"某个人"。兴许此刻我从对方身上得到的爱，是"某个人"过去曾得到过的，或"某个人"将来会得到的。这样的事实总会伤透我们爱着对方的那颗心。

但再深入思考一次，这其实并不是那么委屈的事。因为我们真正爱的不是"某个人"，而是爱着对方的自己。

希望自己成为对方心中唯一的存在，这样的感情或许可以称为"爱"。那么希望自己对自己来说是独一无二的，这种感情若不能说是爱，便无任何其他方式可以形容。

爱的真实

不吃肉的人和无法吃腥味的人。饭前喝水的人和饭后用水漱口的人。乙肝病毒携带者和没有乙肝抗体的人。大学毕业的人和中学肄业的人。喜欢读传记的人和追英超足球联赛转播的人。逛街逛很久的人和在窄巷缓步行走的人。在有水坝或蓄水池阻水的河道玩水上滑板的人和在雾气消散的河滨摊开笔记的人。家境贫穷的人和心灵贫瘠的人。相信爱的人和相信人的人。

我和你是不同的人,这使我们的爱变得困难。我们比对着数不尽的差异,同时忍受这些差异,这使我们的爱变得疼痛。从爱上某个人的那一刻起,我们便必须直面平时就连对自己都不曾流露的心结,那样的心结大致上是长久的伤痛或自卑感,这使我们的爱充满寂寞。

但如果我跟你之间没有差异的话，我们之间从一开始就不会有爱存在。爱诞生于外貌、性格、声音、成长环境以及对事物的感受的差异之中。我不认同那些认为必须寻找与自己生活水平、环境、思想相近的人作为恋爱或结婚对象的人。

人真正爱上另一个人这件事，是在对抗自我之重，同时也是正面对抗外部社会的重量。这么说实在令人心痛，但不是所有人都能在这样的对抗中生存下来。
——《挪威的森林》，摘自"作者的话"[1]

人对爱下了太多种定义，因此所有的定义都是错的，也是对的。然而，世上有着无数的人谈着无数种恋爱，这一点是绝对的真理。如果说我和你对这世界仍有所眷恋，也正是因为如此吧。

---

1. "作者的话"由本书译者译自韩国版《挪威的森林》。（编注）

第三部

迎接春天

海南、宝城、顺天、丽水、光阳、河东、南海、晋州、统营、巨济、釜山、济州。

冬末的南行之路上,最大的快乐便是无论身在何处都可以早一步与春天相会。

换言之,在这个时节往南行即是一路的迎春之旅。或许有的人会想,就算哪儿都不去春天也迟早会来,有必要为了抢先迎接春天而远道南下吗?当然,这样的疑惑也没错。

不过,当我们与想念的人久别未见,即使知道对方马上就会来到自己身边,还是会到机场或车站迎接对方,不是吗?

在迎接对方时,我们不都是翘首以盼、望眼欲穿地等待着吗?与对方视线交会时,不总是流露着笑意吗?就像一寸一寸照进大地的春光般明媚。

大小事

最近我常用手摸自己的额头，就像云雾笼罩着山的最高处一样，时不时也会感觉到一点微烧。有一点令我感到有趣，那就是当手与额头交叠时，额头感受到的触感比手掌更强烈。和用手摸鼻子、按住肩膀、搔抓膝盖时不同，覆着额头的手总仿佛在尽力对感觉做出退让。

这或许是长久以来的习惯造成的。因为抚摸我们额头的手大部分不是自己的，更多是其他人怀抱着关怀之情而伸出的。相反地，我们伸手的对象通常不是自己，而是自己关心的人。

虽然说得像是什么重大发现一样，其实只是件小得不能再小的小事罢了。的确，我喜欢这种细微的小事。山因为下了一夜的雪而白了头的事，和所爱的人一起把雪白山景收进眼底然后禁不住赞叹的事，将冻僵的脚泡进温热的水中的事,深吸一口气后开口说谢谢或对不起的事……我们一起共度的小事是难以罗列细数的寻常事。

然而,这样的寻常事物正在离我们远去。树龄悠久的老树突然被砍伐的事,土地上没有了家和家里没有了人的事,自由奔流的河水被拦截的事,人类的劳动并未得到等值待遇的事,某个人的死无人悼念的事……

我认为小事就该当作小事看待。因为如果不这么做,就会发生大事。三月也过了。对某些人来说是小事,对某些人来说是大事,四月正在到来。

再次离去的花

四月,西风吹拂时,梅树上的白色花瓣会乘风飞去,飘落在陌生人的土地上。但现在这种事已经不会令我感伤了。

那年幸信[1]

被他人憎恶的。

被时间宽恕的。

---

[1] 韩国京畿道(朝鲜半岛中部)地名。

恰好的时节

那是几年前春天的事了。那时的我想要漫无目的地向南旅行,一方面是出于长冬过后的喜悦,另一方面也是出于辞去多年工作后的空虚与茫然。

我在清晨开车上了高速公路。大约是行经大田,正犹豫是否要开往咸阳的时候,我打开车窗透透气,可以感觉到此处的空气和我背道而驰的首尔有所不同。可能是心情所致,也可能是因为温度或湿度的差异,总之纵然我无从确认原因,但可以明确感受到明艳的春天气息扑鼻而来。如同淘过新米的水般清香,如同宝宝发着汗入睡时额头上的气味般酸甜,如同打开陈年洋酒时飘散的气味般浓郁,是用这些话语都无法完美表述的气息。如果我是调香师的话,我想调制出跟这股春天气息一样的香水配方。

我于上午抵达海南的一座村落,在那里将海的蓝色与天的青色轮番收进眼底,过了好一会儿才感到阵阵饥饿。遗憾的是附近没有一家可以吃早餐的餐厅。目光所及之处只有写着大大的"春季鲽鱼"或"鲷鱼"等当季食材的生鱼料理店。但是没有一家上午就开始营业,即使有,我也没有独自踏入的勇气。

我用网络搜索后发现,再往前开一小段距离就有间以鳗鱼包饭闻名的餐厅。鳗鱼包饭是将鳗鱼与酱汁佐料一起长时间炖煮,然后用生菜叶包着鳗鱼吃的一道料理。我以前也吃过一两次,但每次尝到都会为之惊艳,原来鳗鱼是这么肥硕又美味的鱼类啊。问题是那家餐厅果然也还没开始营业,此外那里也不提供一人份的餐点。

最后我想出的办法是去学校周围看看。学校周遭通常都有小吃摊，其中有些小吃摊也会从早上就开始做生意。回想起我的学生时期，当时学校附近也常见许多没在家吃早餐就出门上学的学生在小吃店买海苔饭卷或泡面吃。我循着导航开车前往距离最近的学校。那是一所女子中学，也正如我所想，附近有间小吃店。

我推开木制拉门走进店里。一位留着浓密胡须的中年男子和一位看起来身子有点不方便的中年女子盯着我看。"请问现在可以用餐吗？"我开口问道。"可以。"两人同时回答了我。男人的语气简洁断然，女人讷讷的，有些结巴。我看了好一会儿菜单，点了一份泡菜锅。

女人看起来似乎有中风的后遗症。身体的一半看起来已经是春天,另一半则留在冬天。她磕磕绊绊地交代着男人该做什么,男人也一一照她的话行动。我的视线越过桌子,可以清楚地看见在另一头的厨房里,男人正随女人的指示将砂锅拿上台面,倒进肉汤并放入猪肉和泡菜。

就在此时两人发生了争执。女人说不要放调味料,男人说不放的话会没有味道,二人的意见相持不下,双方渐渐提高了音量。

偷偷瞥着厨房动静的我一时之间感到难堪,便将视线转向小吃店的墙面,上头满是学生留下的涂鸦与留言。涂鸦之中,大多是写下偶像名字,然后画上一颗爱心,或写下好友的名字并加上"爱你""要当永远的朋友"之类的附注,也有一些是以开玩笑的语气留下"单身征友中"等字样。

泡菜锅上桌了。我带着稍稍不安的心情尝了一口，味美得令我惊讶。从尝不出有调味料这一点来看，男人最后似乎听从了女人的话。我埋头吃了好一阵子，抬起头看才注意到他们似乎好奇我吃得怎么样，这次换成他们似有若无地瞅着我。

我重新低下头专心吃饭，一口气就清空了砂锅。他们看到这个画面，好像才放下心来。我用餐贴纸擦了擦嘴，在墙上学生们满满的涂鸦之间写下"春日是眼神的当令季节"，然后便起身离开了餐厅。

日常的空间，旅行的时间

那年夏天我暂居在南方的某个小镇。我下定决心，不写完目标分量的文章不回家。

平常写不出来的文章，并不会因为来到异地就下笔有如神助。此外，在那里比起潜心写作，我反而因为对陌生环境的戒备心，花了更多心思在适应上。要从在那里接触到的新事物之中找出自己可能会喜欢的、费心回避自己讨厌的，就这样度过了大半时间。

我喜欢长途客运转运站附近那间每餐供应九种小菜的餐厅和在里面工作的奶奶。我喜欢榉树下那台明明按了汽水按钮却会跑出可乐的自动贩卖机，也喜欢旁边那台两百元的普通咖啡和三百元的高级咖啡味道完全没有差别的咖啡自动贩卖机。

反过来说，我讨厌每隔两三天就到那间餐厅赊账用餐，结账时老是每次两三千元、两三千元拆开来还的那个男人。我也讨厌榉树边那间汽车维修厂的老板，他不仅整天把自己养的白狗绑着，还总是无视一旁干了的水碗。他大部分时间都待在屋子里，每当白狗看到有车开进维修厂、发出吠叫声时才会出来。别说对宠物权益有没有认知了，他根本是个对和自己一起工作的人都毫无礼貌可言的人。

行走是我在那里最常做的事。有时在吃饱饭后走，有时饿着肚子走；出太阳的日子走，下雨的日子也走。我喜欢可以在行走的时间里稍稍放下对未来的茫然、对写作的恐惧、对自己立下的目标产生的压迫感等情绪。取而代之的经常是脚痛、口渴、柳树树皮颜色特别深等比较直观的想法，也会反复咀嚼自己多年前曾对谁说过的空话，或想起几个思念的人。

结束旅居踏上归途的那天，别说是原本信誓旦旦要完成一本书分量的初稿了，连随手记下的零碎想法也不过几个，就这样没什么收获便踏上返回首尔的旅程。不过，如果要说有什么改变，那就是曾是陌生之地的风景和人们在我眼里变得无比亲近，我的脸和脖子晒黑了，还有我开始有点想念那原本只令我感到厌倦烦闷的日常生活与住处。

日常的空间是我们前往任何地方的出发点，旅行的时间为我们习以为常的一切找回耀眼的面貌，只有离开才能够回来。

广场的一段时间

随着与某人相遇并相爱,我们会开始了解那个人。但每当我们以为自己已经完全了解那个人的时候,总会发现未知的一隅。

这是理所当然的。这代表着对方在我的世界中成长,渐渐变得繁茂茁壮。不,这代表我在对方的世界里走进了更深的地方。

当我们说着单人房、双人房、半地下室、屋塔房[1]或是几坪大小等用语,以现实世界的空间计算方式划分我们的关系,我们的心显得更加窄仄。其实在爱情的世界里,空间总是如广场般宽阔。

在这个广场上,我们相遇、迷途、重逢,然后别离。

---

1. 屋塔房:韩国人对一种阁楼的称呼。(编注)

猛药与剧毒

我一向觉得对待饮食就像与人相遇。每当我遇到满意的餐厅,之后便会重复造访并点相同的餐来吃,这是我多年的习惯之一。如同我对于拓展新的人际关系总是感到生疏、棘手的性格。

当然,就跟不管我想不想都会面临必须认识新朋友的时刻一样,也会有需要尝试没有接触过的料理的情况。第一次认识某个人的时候通常会聊聊彼此的故乡和现在住的地方,我初次品尝某种料理时,总是习惯确认食材的产地,思考食材从产地来到餐桌前的流通路径。不只是这样,留意分析食物的口味、外观、口感和料理方式,也恰恰如同随着对话逐步了解对方一般。经过这样的过程,原本陌生的料理便在不知不觉间变得亲近、熟悉。

然而，繁忙的生活中也会有无法在吃东西上花太多精力的时候。有时必须不停地确认手表上的时间，慌慌张张地吃快餐；有时明明午餐已经吃过面了，晚餐却不得不再度以泡面充饥；有时难得白天已经吃过肉了，晚上公司聚餐又约在烧烤店。这种时刻总伴随着孤单和寂寥，还有消化不良。就像我们为了工作机械性地与人相遇并终将告别的时刻。

我在几年前的冬天曾与朋友们一起到济州岛旅行。虽然我们在职场相识，但彼此的思维和品性都十分相近，很快就变得亲近了。我仿佛成了大家的导游，每顿饭都带着他们尝试自己去过多次的餐厅，有济州市区的马鲛生鱼片料理店、东门市场的血肠店、摹瑟浦的魴鱼生鱼片料理店和城山的贝类粥店等。

其间，汉拿山下了一场大雪。我们为了赏雪，走进山中的榧树林。覆着雪的榧树林就跟想象中一样美，走那段路也比想象中更快乐。在途中暂歇时，我们用保温瓶装的热水泡了咖啡喝。有个东西将我的视线带离咖啡。那是我从没见过的一种红色果实。看起来像樱桃又像石榴的果肉，安放在一片雪白之中的模样真是动人。我拾起那颗果实，行动先于思考，径直放入口中。

一咬下果实，哀号便和果汁一同在唇齿间迸开。辣、热、刺的感觉席卷于我的口中，完全不留一点空间，让我品尝果实的味道。纵使我立刻就吐出了果实，嘴里的痛楚却未轻易随之消散，反而越来越强烈。朋友们对于短短数秒间的事态发展感到错愕，说我得立马去医院才行，还拍下几张果实的照片。

在下山途中，朋友在网络上搜到了我吃的果实。那是一种叫作天南星的植物。页面上还说这种果实具有强碱性与毒性，在朝鲜时代是制作毒药的主要材料。幸运的是我没有把果实吞下去，不幸的是我的嘴唇和舌头都开始肿大。一路上我频频漱口，痛感才稍稍缓解。

那天傍晚，我带着嘴里好像要烂掉的状态，进一步了解白天吃的那种果实。就如朋友所说，我所吃的天南星通常和一种名为附子的植物一起用于制作毒药。和电视剧里常见的画面不同，这种毒药并非一喝下去就会立刻吐血身亡。人喝下去之后，在肠胃吸收毒药之前会经历一段时间的痛苦。一生过着悲惨生活的端宗在江原道宁越清泠浦迎接生命的尾声时，为了使药效加速而选择待在炉火烧暖的房里。还有一点是我们一直都不知道的，那就是毒药（sa-yak）一词其实是"赐药"的意思。其中"sa"指的不是"死"，而是表示给予的"赐"，即国王下赐的药。与毁损肉身的凌迟或斩首之刑相比，这或许多了一些宽待之意。

令我意外的是，天南星这种植物对于少阴体质的人来说可以作为药材使用，以前就广泛用于气喘、中风、破伤风及关节炎等病症。当然，这是指将摘采的生药加工，经过韩医传统制程后，作为处方药材使用的情况。

"猛药即剧毒，剧毒亦猛药"一言绝非夸饰。实际上，我们吃进体内的东西，毒性与药性通常是一体两面，这就跟我们将与许多人形成的人际关系放进心里并无二致。

初恋

即使在光影被拉长的午后,我也看不清那间水密苑花店内的面貌。

脸上有着大面积烧伤痕迹的店主大叔肯定跟小区里的哥哥们说的一样,会把落单的小孩抓起来,用园艺剪刀把小孩的嘴巴剪开。

那些不得不提着跑腿用的袋子拼命跑过花店门口的日子已经远去。

像是寻找很久以前掉在那条街上的零钱般,我徘徊在水密苑门前,最后抱着跟你的门牙一样可爱的满天星花束走出花店,咧着嘴笑开了怀的 ——

恣意的春天。

雨伞和雨

看到天气预报说梅雨季已经结束，我从背包里拿出入夏以来一直带在身上的雨伞，留在了家里。先是去了市区的邮局一趟，再回到住处附近办理几件事后，在返家途中，碰上了一场大雨。

心里想着，这种小小的衰事现在也算是我生活的一部分。离家的距离搭什么车似乎都不太合适，所以决定走回去。

雨势比我预想的更强劲，下得就像世界末日到来了一样。一开始心想能少淋一点是一点，便用塑料材质的包包遮着头在街头左顾右盼，看看有什么东西可以拿来遮雨。

然而，转眼间我就被雨水浸湿了全身，于是我放弃了遮雨的打算，打定主意就这样走回家。雨没留给我一点犹豫的空间，感觉反而痛快。

那段时间有一件让我耗尽心思烦恼也无法解决的事。我的思绪流连于事情可能演变成的最美好和最遗憾的情况之间,这让我晕头转向。

过程之中,我在脑中抹去了最美好的场面,告诉自己只去想最遗憾的场面。就这样想着想着,我开始觉得事情如果变成那样的话,其实也不尽是遗憾。

走着被雨水铺满的路,我也不再对没带伞出门感到后悔。反正这场雨不是雨伞可以阻挡的。雨持续倾泻,我的嘴角却不时泛起笑意。

寺

我曾因为收到写作与佛教文化相关文章的委托而游走全国，参观各地寺庙。走访各大知名寺庙的同时，近距离接触珍贵的佛像、壁挂佛像、殿阁与寺庙饮食。

然而在众多的寺庙中，让我印象最深刻的是那座老僧人特别多、坐落在庆尚道山谷中的小寺。有些师父未着僧服，也有些师父不参加清晨礼佛。我向住持询问老僧人们每天在此的日课为何，得到令人意外的答案。礼佛、参禅、读经等所有的日课都随个人自由安排。

饿了就吃；累了就躺下；困了就睡，不必刻意赶走睡意。我曾想，或许这已经是人类所能达成的与解脱最接近的境界。不去刻意压抑的话，起码应该可以减轻一点欲求。

难得的假日，今天赖床赖到自然醒，饿了把冰箱里的菜热来吃。我也久违地想要与思念之人联络。已到了早晚的风渐冷的季节，那间山寺里的花也应该绽放成一片嫣红了。

志趣的诞生

仔细想来，我对环境的变动尤其敏感。无论季节交替、年岁流逝，我都几乎从未更改过家具的配置，每天傍晚开车回到家，也一定要把车停在相同的车位才会安心。

大学时期每到长假，同学们大多都会以交换生或游学等名义远行，不过我总是守在空教室、变得寂静的图书馆或校门口的小酒馆里。

早在中学时期，一到新学期我一定会变身为班上那个默默无言、态度消极的同学。再回溯到更早之前，我也曾经是那个害怕与妈妈分开，连幼儿园门槛都不敢踏进去的孩子。

如前文所言，我非常怕生。幼年时期的我怕生到连去闹市区的补习班或跆拳道场上课都成问题，那时的我最享受的一件事就是望着窗外绵延的山峰。当时我们家就在北汉山山脚下，坐在房里就能将鹫峰、碑峰和香炉峰尽收眼底。

坐在书桌前久久地眺望着灰白色的巨阔岩壁，岩壁忽而像图画纸，忽而像黑板。我会用双眼在上面画图，也会写上心里暗自喜欢的那个女同学的名字，然后擦掉。

随着时间推移，成为高中生之后，我的写作之处从岩壁转移到了笔记本。一开始，我以日记或信件的形式写作，之后开始转为散文和诗。当然，我也有了将来的工作一定要与"写作"有关的志向。

我为了学习文学而进了大学，庆幸的是大学里有很多跟我类似的同学。日复一日，我们不需要小菜佐酒，光是谈论李晟馥和奇亨度等诗人，就能伴我们饮尽一瓶又一瓶清冷的烧酒。那是段洋溢着热情与稚气又言语轻狂的时光。那时候我们总会用深沉的音调对着学弟学妹阔论着"所谓的文学啊……""人生这种东西……"之类的话题，是各自留下不少令人汗颜的语录的时期。

在当完兵之后,朋友们一个个消失了。某人去了补习班插班,某人去了企业实习,某人去了托业补习班。当然,我没有埋怨过那些朋友,也从来都不认为他们是背叛者。或者该说我反而是羡慕他们的。我只是因为自己讨厌冒险的个性,没有勇气放弃自己从事至今的诗文写作,制订新的人生计划。尽管再度变成孤身一人,不过一个人对我来说已经是再习惯不过的事情了,这一点多少算是种安慰。

过了几年,我的文章刊载在自己一直很欣赏的文艺杂志,以此为契机,初次踏入文坛。当然,我的生活并未因此而发生什么重大变化。但独自在暗室书写吟诵的诗能够跃上纸面,呈现于读者眼前,这件事带给我的喜悦依旧无可比拟。

年过三十的我今日才明白，在现在这样的时代，想要将二十几岁的时光完整地反映于文字创作中是多大的冒险，我往后必须带着"诗人"这个标签过下去的人生会是多么艰难。这是当时的我全然未知的。

大部分认识"诗人"的人，只会在初识之时展现出不着边际的好奇心，当好奇心消耗殆尽就会渐渐淡忘。但我这么说并不代表我认为"诗人"是什么有权有势或地位崇高的身份。

根据文化体育观光部近期的调查，文人通过艺术文化活动得到的年平均收入为二百一十四万元。当然，文人已经是相对懂得如何以美学及文学的力量取代对物质的欲望来谋求幸福的一群人了。

诗赚不了钱，诗人也成不了一种职业，那段时间我频繁换过许多工作。我曾在梧柳洞的超市送过货；曾在江西区的蔬果批发市场开过叉车；

也曾在出版社做编辑,从睁开眼到睡着之前都手握校样;曾去过没什么观光客的文学博物馆当馆长,度过空虚悠闲的时间;也担任过待遇不错的宣传职公务员。

神奇的是,虽然我容易对陌生的环境感到排斥,换工作却没有给我带来太大的压力。不,更准确地说,是突然离开稳定出勤的职场,在一瞬间推翻原本的生活,并没有给我太大的压力。每次离职后我总会带着书本与笔记本电脑去旅行。

正是这样的旅行改变了我那比谁都安静、讨厌冒险的性格。虽然最初几趟旅程的确恰好与我的性格相仿。刚过二十岁不久的年纪,我全部的旅程也不过是去了加平、杨平和清平,即便如此,还是意气扬扬地说"大成里跟江村没什么好看的"。

我在退伍后复学回到校园，那时我买了一辆二手车，开着那辆车去了一趟安眠岛。有名的花地海水浴场和傍浦海水浴场自然是没有错过，我也去了人烟稀少的Duegi海水浴场……去旅行的时候，我只住住过的旅馆，只吃吃过的餐厅，回程只走来时的路。那时的我执意在陌生的地方寻找熟悉感，并且很享受那样的感觉。

不过在那之后，对于旅行我渐渐有了新的喜好。我的新喜好主要与饮食有关。当蟾津江一带进入春季，就可以品尝到河东的河蚬汤和隐隐散发西瓜香气的求礼香鱼。夏天的新安黄姑鱼和黑山岛斑鳐，秋天的浦项秋刀鱼干和舒川龙利鱼都让人回味无穷。冬天的宁越山蓟菜、水安堡野鸡肉和西归浦鲂鱼也绝不能漏掉。如果未曾有过这么丰富的味觉体验，这些年来我也不会有不断踏上旅程的动力了。

在味觉之后，我也确认了对视觉的喜好。当春神降临统营的冬柏岛，当夏日停驻在高城的花津浦，当秋风吹在济州的榧子林和龙头海岸，当铁原的孤石亭在寒冬伫立，我经历了数次试错，才用身体熟悉该在什么样的季节和时间去往国内的什么地方，才可以亲眼见证仙境的存在。

如果要说除了味觉与视觉之外，我在旅行中还有什么样的喜好，那便是与人有关的事情。粗略概括的话，有很多种美味下酒菜的东海适合和朋友一起去，与我居住的日山相近的西海适合和父母同行，而风和日丽的南海和济州则属于和爱人的旅行。在南海，统营又尤其令我眷恋。结束统营旅行之后，回到原本生活的地方时，我总会写下一些诗。下面的诗便是其中之一：

美人一到统营

就换了新发型

顺着耳根而下的发梢

附着在美人的唇上一会儿又落下

虽然不露声色

我看到了久违的山茶花

美人似乎是第一次看到山茶花

"我们留在这里住一年如何?"

在峭壁上眺望大海时美人说

"人们说这里是东方的那不勒斯。"

我淡淡地接过她的话

吹来的风

刺痛了美人清澈的眼睛

统营的峭壁

看起来像是一片

山的画像

美人朝峭壁边缘

迈进一步

紧抓着我的手

我向后退了一步

紧抓着美人的手

驻足在旺季的心

紧紧攥住彼此的全部

我们也曾有过这样的时光

　　　　　　——《心的旺季》全文

我不是唯一深爱统营的人。和我一起度过心的旺季的恋人也爱着统营。诗人白石、都钟焕和青马柳致环也都对统营充满依恋。这世界上一定还有许许多多我素未谋面的美人也眷恋着统营。

白石曾说："让人梦中初醒也想去海边的地方。"都钟焕则曾这样形容统营："岛与岛之间还有岛和岛，没有一座岛可以说是孤独的。"出身自统营的青马柳致环的爱情故事也令我们回味再三。

一九四七年，四十岁的柳致环爱上了一位刚赴统营女中教书的教师，每天都会写信并亲自去邮局寄给对方，从来没有一天中断。直到一九六七年柳致环因意外辞世为止，二十年来寄出的信件累计约五千封。

当时受到现实各种条件制约的柳致环所能采取的最积极的告白方式，就是写信。时调[1]诗人李永道正是这无数信件的收件者，在柳致环离开人世后，她将这些年来收到的信件结集成册，出版了《因为爱过所以幸福》一书。

说起统营的故事，如果不提木叶鲽艾草汤的话，总会有美中不足之感。春季盛产的木叶鲽艾草汤的料理方式是将肉质丰美的木叶鲽放入洗米水中，仅加入大酱与盐调味烹煮。艾草必须在木叶鲽完全熟透后才放入，如果过早放入，不仅艾草香气散逸，连口感都会变得又老又硬。比起清汤，我一向更喜欢通红的炖汤，我非常讨厌艾草的味道，但木叶鲽艾汤清爽的口感以及品尝时带来的某种突破桎梏的快感，意外地令我情有独钟。当时的恋人平时特别吃不了腥味，却可以将木叶鲽艾汤一扫而空，而后对我露出些许难为情的笑容。

---

1. 高丽时期出现的韩国固有定型诗歌形式。（编注）

我有一种每到春天就会发作的病，一种想要放下手中所有的事前往统营的病。真要说的话，这种症状可以说是病，也可以说是我人生的爱好。即使不是统营，但凡是旅行过的地方，不管当初的旅行经验是否令人失望透顶，我总是有重回旧地的习惯。要用犯人总会重返案发现场这句话来形容也好，或者说是依然耿耿于怀的心情让我踏上回头路也好。

重返曾去过的旅行地带给我一种安心感。这样的安心感似乎是为了否认第一次来此地时莫名浮现的"总觉得这是第一次也是最后一次"的不安感，或许另一方面是因为已经是第二次来这里了，就算是最后一次也不那么遗憾了。当然，也可以将这里所说的"旅行"二字摘掉，换成"相遇"或"恋爱"，意义也是相通的。

那年三陟

挟着浓浓盐分的海风帮那家招牌褪色的食堂改了名字,曾经的"姨母家食堂"变成了"母家食堂"。钱鳗汤的调味比以前重了一些,不过只要想到浮在上头的菜码依然如水面上的睡莲般铺得满满的,一年生草本植物衰亡之处又长出了新的一年生草本植物,今天的日光再度照在昨日落下的位置,便不再觉得这是什么了不得的大事。

第四部

工作与贫穷

最近的工作量实在太大,光是今天就完成了两本书的书评和预计要刊登于杂志的访谈录。下午去西大门的出版社一趟,带了好几捆待润色的原稿回家。周末还要开着我那辆二手车到庆尚南道一处寺庙取材。其中有的工作带给我一定的收入,但真要说钱的话,有的工作我没有想过钱的问题就接下了。

我苦恼着为什么不懂得拒绝就这样接下委托,心想这大概是因为自己生来就一副穷酸样吧,随之陷入深深的忧郁。因为我很明白,想要远离贫穷的欲望总是比贫穷本身更容易使人看不清生活本来的面貌。

白天浅眠时,你出现在我的梦中。见到你的喜悦直到现在仍留在我心里,对你的歉疚也是。

不亲切的劳动

父亲一生都是劳动者。朝鲜战争期间出生于首尔钟路的父亲,人生第一次劳动是找到被老鼠药毒死的狗,然后把尸体带回去给小区里的大人。他们着手处理狗的尸体,把内脏丢掉,再用水反复冲刷狗肉,然后煮来吃。在这个既没有野生动物也无力饲养家畜的西大门某小区,对于家里没钱的人来说,这几乎是他们唯一能吃到肉的方法。找到大型犬的时候,父亲能比平常多挣一点钱。

父亲也曾在东大门、清凉里,以及更远的仓洞一带,和小区里的孩子们一起捡破烂。在废墟空屋之类的地方排成一排,地毯式行动,捡拾铁器、玻璃等废料。排列的顺序按照力气大小,排前面的孩子捡走比较大件的破烂,排后面的孩子就只能捡些不起眼的小东西,甚至空手而归也是家常便饭。

一九六五年，父亲于纺织工厂就业，在那里工作了十多年。那个工厂平时出勤采用两班倒，每逢订单淡季，工厂会放无薪假，让员工从端午休假至秋天。全泰壹[1]烈士进入附近的和平市场工作是那之后的第二年，就算父亲未曾详细描述，我也不难揣想那时当地的劳动环境是什么样子。

我想深入谈一谈父亲从三十岁开始在区政府担任技术职公务员的生活。父亲的工作是开着卡车往返于小区之间，将清洁工巡回大街小巷并用推车收来的一般生活垃圾集中装载至兰芝岛掩埋场。当时的我也时常跟着父亲四处奔走。

在年幼的我眼中，兰芝岛就像一片沙漠。一个个巨大的垃圾堆就像沙漠中的沙丘般，一日之内或拔地而起

---

1. 全泰壹（一九四八年八月二十六日至一九七〇年十一月十三日），出生于大韩民国庆尚北道大邱，十七岁时进入和平市场一带成衣工厂工作，亲身经历并见证了当时劳工阶级所受的压迫与侵害，开始自学劳工法并组织工运团体。一九七〇年十一月十三日，全泰壹以自焚的方式表达对朴正熙政府与资方的抗议，时年二十二岁。全泰壹唤起了劳工、学生、宗教等社会各界的关注及后续的抗争行动，为韩国工人运动的代表性人物。

或消失无踪。有件事在我脑海中留下了比兰芝岛广阔荒凉的地貌更鲜明的记忆，那就是在那里安身立命的拾荒者们。

拾荒者们站在兰芝岛的入口，像拉客般招停父亲的货车，为的是不用亲自爬上高耸的"山丘"。日落之际，他们会再次搭上父亲的便车走下斜坡。

每当我随父亲一起去工作，拾荒者总会将白天从垃圾山里找到的玩具机器人之类的玩意儿放到我的手里，尽数是些缺胳膊少腿的东西。有一次我得到了一个少了一只眼睛的缝制布娃娃，父亲见状便缝上了一个小纽扣，帮布娃娃补上眼睛。

时间进入二〇〇二年，我成为大学生，兰芝岛变成了生态公园。而拾荒者们当年居住的上岩洞则建造了世界杯竞技场。唯有父亲的劳动如旧。

也在此时，我开始收集儿时见过的兰芝岛风貌相关资料。

兰芝岛掩埋场自一九七八年开始营运，一九九二年永久停业。九十万坪的占地，实际可用作垃圾掩埋、填筑的面积约占五十五万坪，其中又划分二十万坪用于放置首尔市内各区政府所辖各区的垃圾，三十五万坪用于弃置垃圾清运服务业的垃圾车运来的垃圾。当地的拾荒者被称为重建队员，最高峰时期曾扩增至三千多人。随着各方利害关系者的介入，捡破烂一事开始需要缴纳附加费，而若是来自江南区或钟路区等生活水平较高区域的垃圾，收取的附加费据传高达一般区域的两倍。

高三那年，在高考的前一天，平时很少进我房间的父亲来到我的房里，让我不要参加考试。他说，他猛然想到我在明天考完试之后，很可能就会踏上进入大学、大学毕业、就业，然后结婚生子的人生，这样看似正常人过的一生其实是极为不幸且痛苦的。父亲接着说，不幸会随着组建家庭从个人扩及所爱之人，不如就在此时阻绝不幸的延续。最后他补充道，会帮我打听寺庙，要我考虑看看要不要出家。那时的我当场便对父亲发起脾气，要他离开我的房间。然而，每当我对劳动和生活感到疲惫，每当从所爱之人的眼神中隐约看见某种匮乏，我总会想起父亲当时的话。

然而，人类所需的劳动在那之后持续暴增。尽管在观念上劳动被赋予相当神圣的价值，却无法在现实社会中实现。特别是无论执行者是谁，劳动工作的水平和成效都不会有太大差别，这让劳动行业受到的轻视有增无减。或许从很久前开始，劳动存在的理由早已不是为了建构这个世界，而是为了消费这个世界。

这段时间我在写诗的过程里，曾数次将父亲的劳动反映于作品之中。在我的作品里，父亲曾借死于尘肺病的太白山矿工的角色登场，曾开着乡村巴士或翻斗车运送煤炭。我也曾将他描绘成一位失业后独自居住在坡州的酒鬼。事实与虚构参半。

某次我收到一位来自太白的读者的来信。读者在信件的开头提到自己的父亲也是一位死于尘肺病的矿工。我提笔回应这封夹杂着喜悦与悲伤之情的信件，在信末留下这段文字：

说来抱歉，家父其实从来没有做过矿工，现在也身体健康，尚在人世。那首关于太白矿工的诗，是在几年前我受托写作关于矿山的文章而赴太白取材时构思而成的。取材的过程中，有一个画面给我留下了最深刻的印象。那就是矿工们结束坑道中的工作回到地面时，脸上都带着笑容，不是那种放声大笑，而是双唇之间的白牙透出明亮、喜悦的微笑。我问他们为什么都在笑，他们理所当然地回答我，工作结束当然会开心得笑出来啊。

我父亲的生活与矿工有许多相似之处。比如光是下班就能让他神采飞扬；比如生活中的大部分都在劳动和准备劳动之间度过；比如一生汲汲于满足睡欲、食欲等基本需求，随着年岁渐老而病症缠身。

这块土地上的劳动者们尽管无法预知生命的最后一天何时到来，却比谁都清楚一旦开始的事情将会以何种面貌作结。很抱歉我将虚构的故事写得仿若事实。然而，我攒积来自各个角落的事实，都是出自对于摹画事实轮廓的渴望——即使笔触再依稀微弱也好。再次向您致歉。

所谓长大成人

不久前我接到某报社记者的来电。对方说报社正在筹划以"我们这个时代的大人"为主题的企划报道,向许多艺文界人士提出问题,邀请我在数日内回稿。挂了电话之后我并未苦思太久,几位可以被称为"大人"的人物身影跃现于脑海之中。我旋即写下应答的文章,不久后便在报章上读到那篇记事。

我选出在政治、宗教、思想、社会运动、文化、艺术等领域受到大众尊崇的人物,将他们列为这个时代的大人。尽管我的名单尚有遗漏的对象,但列举的人物并未引起任何异议,每一位都在各自所属的领域取得一定的成就,每一位也都毫无例外地兼具描绘理想蓝图的思想家及引领社会变革的改革者两种身份。

这也让我想到，并不是所有人都能追寻这样的生命轨迹。当然，也无须如此。即使无法成就伟大的思想，我们仍能在生命过程中让思维不停滚动；就算无力掀起革命，我们还是可以在生活中实践些理念，充实我们的生命。就现实层面而言，我想成为的"大人"也并非那般非凡的境界。

我也想聊聊那些记忆中平凡的大人的故事。在我出生长大的那个小区的联排住宅里住着不少与我父母年龄相仿、生活水平相近的邻居。B栋五号的叔叔是出租车司机；B栋三号的叔叔是当时一五四路市区公交车的驾驶员；A栋四号的阿姨在延新川市场卖小菜；C栋二号的叔叔是联排住宅里唯一拥有大学学历的人，所以大家都叫他"大学叔叔"，现在回想起来令人不禁莞尔。

小区大人们的世界有着某种秩序与美学。每当哪家夫妻吵架,邻居就会带那家的孩子到自己家,放录像带给孩子看,准备晚餐给孩子吃。小区里有着这样的文化。

虽然人们原则上会尽量避免介入夫妻之间的争执,但若是冲突变得过于激烈,大家就会出动协助调停。小区的大叔们会相约去外面喝杯烧酒再回家,小区的阿姨们则会跟自己合得来的阿姨聚在一起讲老公的坏话。我和小区里的孩子们遇上这样的日子都开心得很,因为难得能在外面玩到深夜。小区里所有的大人都是像爸爸和妈妈一样的存在。

仔细一想,小区的大人当时的年纪就跟现在的我差不多。长久以来,我面对过无数次关于年龄的疑问,这样的疑问大多来自比我年长的人。大部分的年长者在问完我的年纪之后开口说出的话通常是羡慕和讥讽参半。

总是从"我在你那个年纪的时候啊……"开始，接着用"正值大好年华啊"或"等你再大一点才会懂"铺陈，最后以"如果能重回那个年纪，我就没遗憾了"作结——那些难以分辨究竟是在对我说还是对他们自己说的话，那些我虽然能理解却不是特别想理解的话。

我在某个晚餐聚会上认识了一位长者。第一句话不出所料仍是一样的问题，但他接下来所说的话却有些不同。"虽然我也不是很清楚，不过这个年纪正是辛苦的时候吧。起码我曾是那样的。不管是爱情、前途或经济状况，总会有些事情不能随心所欲，甚至一切都无法顺心如意。不过我在长了一些年纪之后体会到，人生本来就不能随心所欲，但我们会渐渐学会接受和知足。变老这件事比想象中还要不错。阿潫，你也不用担心，好好地变老吧。"

他的话令我受到冲击。用后悔填满自己的过去的人,和无论是否成就了什么都不留任何后悔地活过一段时光的人,两者说出的话会如此不同。

可以的话,我希望自己能成为与后者更相近的人。但这想必也不是什么容易的事。因为实际上我最常重蹈的覆辙之一,正是对过去的事感到后悔。往后我也依然会在后悔与自责中度过许多时间,直到后悔和自责的事情全都罄尽那天为止。

孤儿

父亲出生在首尔。靠画画维生的爷爷和爷爷的爸爸也都在首尔出生长大。在首尔籍刻进骨子里的世世代代间,"首尔"于我们而言没太多值得得意的事情。穷困的父亲儿时在紫霞门[1]一带度过,跟当时经常活生生饿上好几天的父亲相比,在农村生活的母亲的童年至少还有面疙瘩、玉米和马铃薯可果腹。首尔能够让父亲得意的顶多就是"在光化门十字路口骑三轮脚踏车玩"这样的程度而已,这么看来,首尔的确没什么令人骄傲之处。

我也是土生土长的首尔人。当然,这对我来说可没什么好处。刚入伍的时候,就因为我来自首尔,听了不少说我"软弱""势利眼"之类的闲话。同乡之间应该有的亲近感,我也从来没有感受过。虽然最近比较少

---

1. 紫霞门:彰义门,位于首尔特别市钟路区。不知是否因为此门附近常被紫霞笼罩,首尔出身的人常将洗剑亭一带通称为"紫门外",指的就是彰义门外。紫霞门为四小门中唯一保存其原貌的门,建筑面积约为四十九点五平方米(十五坪)。

听到这个问题了,但第一次听到有人问我"你是哪里人"时,我甚至觉得茫然。我应该回答我出生的小区,还是行政区的名称?这让我犹豫了好一会儿。但我从来没有一次回答过首尔是我的故乡。要把首尔当作一个人的故乡看待,这座城市未免太大、太厚脸皮了。即使如此,故事还是得从首尔说起。

我出生长大的恩平区佛光洞一带,环境还算不错。它同时是军事保护区、开发限制区,加上国家公园……因此房价和首尔其他地区相比容易负担,让贫穷的母亲和贫穷的父亲能够找到一席之地来建立自己的小家庭。幸运的是,我可以时不时瞥向窗外,在最后一片自然风景的陪伴下成长。不管是两个朋友溺死的溪谷、每到冬天就被白雪笼罩的岳山,还是水田、旱地,都离家不远。家里也靠近市区,步行十分钟就有购物中心、电影院和地铁站。那时候的我总会搭公交到市区,在大型书店度过许多个冬日。对这样的我来说,我对江的所有认知都来自汉江。一年总会去一两次弥漫着漂白粉气味的汉江市民公园游泳馆,或是外带调味炸鸡去汉江野餐和踩踩鸭子船,这就是我对汉江的全部回忆。最近收到了以江为主题的邀稿,为了写出几篇关于江的散文和诗,我只能赶忙前往江边收集素材、寻找灵感,还得看不少书、访问友人,来恶补江的知识。由这样的我来谈论关于江的故事想来似乎有点可笑,不过我有不同的观点,这样的情况大概就像从来没见过母亲的孩子反而会对母亲加倍牵挂一样。

几年前,我偶然得到机会,写关于建筑大师金重业的文章。我在收集资料时发现一场有趣的争论:一九六八年,金重业先生和时任首尔市长、别名为"突击市长"的金玄玉展开言语交锋。

金玄玉市长当时为首尔市发展所描绘的蓝图概要如下:

汉江两侧铺设高速公路,一上车,时速四十迈的轻快速度感就能冷却疲劳、沉重的头脑。汝矣岛一带因为国会议事堂迁址而化身为第二个市中心,鳞次栉比的公寓沿着汉江江畔绵延不绝。市场也朝着现代化迈进,以十五层楼高的乐园市场和十三层楼高的南大门市场为首,十四个市场摇身一变,成为高层建筑。一方面,随着将首尔运动场到奖忠体育馆之间串联起来的运动中心、每区各一个专属图书馆、一百一十二处大大小小的公园等项目落成,届时首尔会是一个属于儿童的王国;另一方面,汉江以南则会打造为可容纳一百万人口、以无穷花形状为轮廓的第二首尔,分散市中心作为单一核心的负荷机能。现今违建泛滥的骆山、应奉、贞陵、灵泉、仓前、梨泰院、新大方洞地区,将在一九六九年七月前建造一百栋市民公寓,政府会与入住者携手合作建立这些市民公寓,那些使首都丢了颜面的木板房村将会失去踪影。

——《十年后的首尔
——杰作首尔、丑恶首尔》
《星期天首尔》
(首尔新闻社,一九六八年十一月)

相反地,金重业先生表示,如果首尔市推动建设只是为了追求即

兴、幻想和示范效应,那么十年后的首尔将会成为世界上难寻他例的丑陋首都。在同一个版面中他做了以下预测:

> 就扩张地表生活空间这一点来看,把高楼大厦盖得密密麻麻的确是个值得提倡的方式。然而对于城市开发来说,最应放在第一位的莫过于绿化带的建造及日光照射,忽略这两点的建设将会塑造出名为"高楼密集化"的地狱。为城市减少雾霾粉尘的绿化带在发展计划中被无视,毫无章法、错落林立的高楼遮蔽了对杀菌和人体生长产生极大影响的太阳光。城市里人们挂着一张张缺乏日照的苍白面孔穿梭于街市,走过一堆堆无法受日晒杀菌的垃圾,本来就狭窄逼仄的街道因为城市中缺乏指定的停车场而停满了车辆,步行的人只好绕进小巷

寻求行走空间。汉江和汝矣岛的开发虽然值得提倡，但最根本的目的错了。如果汉江两侧铺设着高速公路，市民该如何贴近汉江的环境呢？想要把汝矣岛变成第二个城市中心的想法也是个错误，反倒应该把汉江和汝矣岛打造成为市民而存在的空间才对。

首尔就这样发展为正如"突击市长"所构想的、一位建筑师所担忧的模样。汉江在综合开发计划后完全失去了天然河川原本的面貌，如今十年一到，江山又要再度大整修。当然，我是享受着祖国现代化的恩泽（？）长大成人的。我出生那年人均国民收入为两千美元，上小学那年是六千美元，小学毕业那年则超过了一万美元。我们这一代没有高喊过"要健康就吃混食，要经济就吃粉食[1]"，也未

---

1. 混粉食奖励运动：大韩民国于一九六二年开始实施的粮食政策。混食系指将杂粮混入白米，粉食则指面食，两者都是以节省白米为目的。除了通过传单、海报、报纸、广播电视、学校、行政机关宣传外，也会采取较为强硬的限制手段，例如特定时段禁止售米、取缔学生便当、禁止米酿酒等。

曾经历过在"一起来捕鼠"的标语宣传下提着老鼠尾巴交给学校,"猪饭粥[1]"或"麦岭期[2]"则是离我更遥远的故事了。

因此,我从来不知道什么叫作挨饿。托双职工父母的福,即使家里经常没有饭,但从没有一天米缸见底。我把被验出含环境激素的桶装泡面当作零食,吃着它长大。我最喜欢的便当配菜是大量添加亚硝酸钠和山梨酸钾的火腿。和朋友们一起在铺着石棉的地下锅炉室里跑跳玩耍之后,过敏性皮炎和鼻炎跟了我很长一段时间。镉、汞、硒、砷、铬、铅、氟、甲醛之类的东西铺天盖地而来,天上降下的是酸雨,空气里吹拂着的是沙尘。

祖国的现代化令你们深感骄傲,

---

[1]. 猪饭粥:在朝鲜战争中,韩国人因缺乏粮食而从驻韩美军的剩饭、垃圾中挑拣出还可以食用的部分,重新熬煮成类似粥的食物,因为看起来像是喂猪的厨余而得名。与其诞生背景类似的食物还有部队锅、UN汤等。
[2]. 麦岭期:指前一年秋天收获的粮食耗尽,当年种植的作物却尚未收成的五月至六月,代表粮食十分匮乏的时期,又称春穷期。该词语在日本殖民政府强征粮食以及朝鲜战争时期经常登上新闻版面。

但那是坏的、不对的、错误的。这个名为现代化的定言令式[1]捣毁了城市与自然，甚至颠覆了我们的认知和想象力。现在我们已经不再想去思考盛装在杯中的水与流淌于江河中的水之间的关联，也不再尝试描绘自己、炭和树木之间的关系图。对于不需要农药就能栽培收获的转基因植物，我们似乎也不太感到惊讶。

我真心想要这么说，希望人们可以放过河流。许多环境学家预测河流将会在不久后干涸。从海水温度上升的走势来看，滨海地区的台风、海啸、破纪录的暴雨和洪水会更加频繁地接连到来。在海岸带来降水的云朵，能带给内陆地区的只剩极其毒辣的干旱。我们甚至不需要像现在这样

---

[1] 即绝对命令，是康德提出的哲学概念，指人的行为所必须遵守的规律。（编注）

竭力开发建设，河流也将很快离人类而去。到时候如果还想看到行船驶过闸门、机器鱼跃上水面的风景，在枯竭的土地上建设一条人造河就可以了。

我在文章的开头稍稍提过父亲的三轮脚踏车。那时候是一九五三年或一九五四年。就当时幼年父亲动辄要挨几天饿的情况而言，三轮脚踏车是极其昂贵的东西。其实，那辆脚踏车是为了代替因病早早离世的妈妈来陪伴他的。爷爷或许是可怜自己的儿子连续哭了好几天，所以送了他一辆三轮脚踏车。脚踏车当然是很棒的礼物，但"妈妈"又是什么东西可以取代得了的呢？

我们所有人不是正在成为孤儿，就是已经成了孤儿。就算哭泣不能改变什么，但一起流泪的话或许能够不那么难堪，或许能够成为彼此的一点力量。

醋酱油

在首尔出生长大虽然没什么特别不便之处,但还是有不少遗憾。其一就是饮食。既没什么特产,普通家庭代代相传的传统家常菜也所剩无几。说到饮食,首尔就是个无色无味的平凡城市。而在无色无味的气息之间,这也是一座混杂着全国、世界各地食物的城市。

或许是因为如此,在长大成人能够自由旅行之后,我就花了不少工夫踏遍全国,寻找并品尝各地特有的饮食。在全罗南道务安第一次尝到的甘苔海苔有着和我之前吃过的所有调味海苔完全不同层次的美味,黑山岛的斑鳐更是与我偶尔接触到的智利产斑鳐的口感完全不同。

除此之外,还有济州西归浦的魴鱼、庆尚南道河东的河蚬、江原道旌善的野菜、忠清南道舒川的龙利鱼、全罗南道长兴的香菇。明明是在首尔时常吃到的料理,可是食材的味道和质量差异太大,要说是同一道料理实在相形失色,这样的案例太多了。加上在产地享用的价格比在首尔吃便宜得多……每当我尝到这样的美食,心里总会一边惊叹,一边被觉得自己这辈子都是被骗大的背叛感所笼罩。

几天前我出差去了统营一趟。这些年来我去过统营很多次,但这是第一次不以旅游为目的,也是第一次在秋天去而不是春天。这次的行程是结束手上的业务后在统营留宿一晚,次日搭早班火车回到首尔。简单来说,我在统营只能吃到一餐。

去统营的路上,我一直在烦恼这唯一的晚餐要用什么食物来填满肚子才好。如果是春天,根本就没必要东想西想,我肯定会选择香气诱人的木叶鲽艾草汤。

但是在这深秋之中怎么可能会有艾草呢？我在统营客运站一搭上出租车，就立刻问司机开始产牡蛎了没，有没有卖鲅鱼生鱼片的餐厅。遗憾的是，司机说牡蛎要再半个月才会开采，至于活鱼生鱼片餐厅，他是知道不少，但没听过有人把鲅鱼做成生鱼片的。

那天傍晚，找不到合适晚餐的我走进一间一次端上所有下酒菜和酒的"友饮店[1]（Dachi jib）"。我吃了过量的下酒菜，也喝了过量的酒。隔天回到首尔的时候，我因为肠胃不适饿了一整天。身体的不舒服一直延续到晚上。清晨我用白饭泡水熬了白粥。足足饿了三十个小时，没有什么比煮好的白饭更能抚慰疼痛的空腹。

---

[1]. 友饮店（Dachi jib）：Dachi 来自日语"朋友"（友达，tomodachi），代表不分男女老少来到这里都是朋友，可以一起开心享受美食与美酒。也有一说认为此名词来自日语中的"立饮"（立ち饮み，tachinomi）。但目前统营的 Dachi jib 多为坐式，故以"友饮店"为译名。

大概吃了一半，我从橱柜里拿出酱油和醋，做成醋酱油，然后舀了两匙浇在饭上。如此一来，咸淡正好，酸味也恰到好处，我瞬间就清空了剩下的白饭。

回想起来，吃醋酱油是父亲长久以来的饮食习惯。除了绿豆煎饼、煎豆腐或水饺等一般人会搭配醋酱油的料理之外，煮南瓜、白切肉、桔梗、芋头汤里的芋头之类清淡的食物，父亲也会拿来蘸醋酱油吃。我们家餐桌上一向都有个盛醋酱油的小碗。

爸爸老是说得佐点醋酱油，料理的味道才会更鲜美，劝年幼的我和姐姐也试试看，这种时候我们总是把食物蘸满番茄酱，笑着混过去。曾经那样的自己现在却如此自然而然地找起醋酱油，令人不禁失笑。从小看着爸爸吃，然后自己跟着吃，已经是渗透进身体里的习惯。

旋即我感到一阵悲伤。因为要吃没有搭配其他蘸酱或配菜的一餐时，没有什么比得上醋酱油了。若能把这一碗盛得满满的温热白饭和一碗醋酱油送给幼年的父亲就好了，而当我这么想的时候，身体的不适感开始一点一点地减缓下来。

别哭了，爸爸

"哦嗯，您这么快就接电话了啊？是我，阿潇。这么热的天气，过得很辛苦吧。我想问一件事，爸，您人生中最棒的电影是什么？我正在写关于电影的文章，所以突然想起来问问您。爸看过的电影比我多吧？"

"我看过的电影当然比你多。我比你多活了三十年，酒也比你多喝了三十年。还有，我说你啊，烈酒就少喝点吧。身体又不是铁打的。你看过我之前说的《怒海沉尸》[1]了吗？阿兰·德龙（Alain Delon）出演的那部电影。还没看？你这个做儿子的还真是不听你爸的话。啊，我是看过很多电影没错。清凉里新都电影院、敦岩洞东都电影院、新设洞十字路口东宝电影院。我十七岁在清溪川西服店工作的时候有一位同事大哥——韩正

---

[1].《怒海沉尸》：于一九六〇年上映的意法合作电影，法文片名 *Plein Soleil*。

哥,我都叫他韩正哥。啊,好想韩正哥啊。总之,他的爱人在新设洞东宝电影院的老板家做保姆,有时候会拿到免费的电影票,所以那时候看了很多电影。"

"爸人生中最棒的电影是哪一部?《怒海沉尸》吗?人生中看的第一部电影又是哪一部?"

"哪有办法选一部出来?好看的电影又不是只有一两部而已。我不记得第一部看的电影是什么,倒是记得第一部错过的电影。我不是崇礼小学毕业的吗,会说到学校,是因为某天学校安排学生们集体去看《宾虚》[1]。我没去成,因为没钱。"

"爸,我以前也没去成修学旅行。因为没钱。但那时候正好是IMF时期[2],所以除了我也有很多同学没去。

---

1. 《宾虚》:于一九五九年上映的美国电影,英文片名 *Ben-hur*。
2. IMF:国际货币基金组织。一九九七年亚洲金融风暴时,韩国股市崩盘,企业接连倒闭,外汇储备见底。韩国政府接受来自以IMF为首的数个国际金融组织约五百八十亿美元的援助借款,此后韩国政府必须在经济方面接受IMF监督及控制。此笔巨额借款于二〇〇一年偿清。韩国人常以"IMF时期"称这段时间。

没钱这件事也有人陪，算是值得庆幸。现在的人都用'悲中带笑'来形容这种状况，又悲伤又好笑的意思。"

"有一次我去弥阿里电影院看崔戊龙[1]主演的《蓝色天际银河水》[2]。你知道崔戊龙吧？不知道？那时候电影院大厅正大声播着投机者乐团[3]类型的轻音乐。啊，可兴奋了。还有一面大镜子。那个年代一般住家哪来的镜子啊？得去电影院才有镜子照。我坐在电影院大厅看着镜子，才发现有个乞丐坐在角落。我心想：乞丐也会看电影吗？一回神，原来那是镜子里的自己。当时我尚未去西服店工作，还在仓洞一带捡破烂卖钱，装扮完全不像话。（哽咽了一阵最后开始哭泣，好不容易才停下来）那部电影的剧情就像在说我自己的故事。主角是孤

---

1. 崔戊龙（一九二八年二月二十五日至一九九九年十一月十一日）：大韩民国演员、国会议员。
2. 《蓝色天际银河水》：于一九六〇年上映的韩国电影，韩文片名푸른 하늘 은하수。
3. 投机者乐团：成立于一九五九年的美国器乐摇滚乐团，带起了二十世纪六十年代间的电吉他风潮，是迄今为止销售最佳的演奏乐团。

儿，和我的成长背景很像。那天电影结束之后，我一路哭到家才停。那时你爷爷是个单亲爸爸，他看到我的样子，问我为什么哭。我告诉他，我刚刚看完《蓝色天际银河水》，爷爷或许是已经先看过那部电影了吧，他跟我说继续哭吧……（再度哭泣）"

"啊，真是'悲中带笑'啊。"

"不过话说回来，你到底要用什么电影来写文章？"

"我想写写《薄荷糖》[1]。那时候您不也和我一边喝酒一边看过那部电影吗？我在家成天放来看的那部。在铁轨上大喊着'我想回去'的场面，您还记得吧？嗯，对。李沧东导演的电影。我不是跟您说我上礼拜一路经过堤川、三陟往东海旅行，其实我是去找电影里出现过的场景。故

---

[1]《薄荷糖》：于二〇〇〇年上映的韩国电影。

事里以一九八〇年的光州为背景的场景,其实是在我们家附近的水色站拍的。'人生是美丽的'是电影最想要传达的信息,不过除了人生之外,美丽的事物又何止一两个呢?悲伤的事情也不止三四件。总之,谢谢爸跟我打这么久的电话。我改天会去找《怒海沉尸》来看。还有,将来我变成孤儿的时候,我也会找《蓝色天际银河水》来看。到时候,我会像爸一样哭哭啼啼的。好,再见。别哭了,爸。"

挥着手

在我刚学会开车没多久的时候，对我来说最难上手的就是变更车道。想要正确计算自己和旁侧车道来车的距离，避免在变更车道时妨碍行驶的车辆，可不是什么简单的事。我第一次上路那天还曾困在立交桥上找不到下去的机会。相邻车道的车辆快速奔驰、接连不断，吓得我一直无法变换车道，就这样绕了很远的路，很晚才抵达目的地。

不久后我开始把车停在允许停车的路边，通过两侧后视镜观察行经的车辆。来车的速度越快，镜中物体放大的速度就越快，这虽然是再理所当然不过的一件事，但我必须通过眼睛和感觉来熟悉，而非理论。那时我才注意到后视镜上有着"物体实际上比在镜中看起来更近"的字样。我从傍晚开始练习，直到天色全暗，凭借前照灯灯光来判断来车的速度和距离，那天的实地练习才得以告终。

回顾我的童年，有许多日子是在车上度过的。这都是托开了一辈子卡车的父亲的福。跟着父亲到处跑，有时候比去幼儿园更让我开心。我跟着父亲去工作的时候留下了一些照片，其中一张捕捉到了我坐在那辆韩语发音是"吉姆西"，即使放到当年也旧到不能再旧的 GMC 卡车里的模样。

只要不是太忙或太奔波的行程，父亲都欣然欢迎我当他说话的伴儿，载我到各处去。我一下滔滔不绝地说着幼儿园里发生的事，一下在副驾驶座摊着身子酣睡，一下又沉浸在窗外的陌生风景里，一天很快就过去了。

某次我们沿着一条很陡的山路下行，远处平地上的红绿灯和人行道映入眼帘。爸叫我仔细看看路边的人们。如果站得离车道很近、一直盯着红绿灯的人多，代表信号灯很快会切换为行人通行，这种时候就必须开始减速。反之，如果人们在做些别的事、对交通号志心不在焉，就代表信号灯才刚变不久。

听父亲这么说，这件事就仿佛成了交派给我的任务，我开始专注于解读人行道旁人们的表情。于是，我一个劲儿地说着观察到的表情和行为，说得父亲都有点烦了。

在那之后过了一段时间，我才又有机会跟父亲坐同一辆车。那是在我考取驾照后练习道路驾驶的时候。当时我大学休学，在早市做拍卖的工作。我工作的市场在父亲的卡车车库附近，所以我们会一起上班。如果说有什么和过去不同之处，那就是这次变成我坐在驾驶座，父亲坐在副驾驶座；如果说有什么没有改变的，那就是坐在副驾驶座上的人都一样说个不停。

"记得先打转向灯""常常踩刹车不是什么好事""进了隧道就把雨刷关掉"。父亲的唠叨总像夏日小飞虫一样在我耳边盘旋。那段时间里，有一次我跟父亲说自己得了感冒，今天不开车。父亲听了就说："身体不舒服就可以不开车吗？这世界上没那么多说生病就可以不做的工作。"说罢便笑了。父亲的那个笑容让我觉得不是滋味又不近人情，也有些凄凉。

从我正式开始开车到现在，一转眼也过了十年。现在已经没什么特别令我感到棘手的地方，就这样驶过市区街道上下班，奔驰在通往外县市的高速公路去演讲或旅行。这段日子里，父亲也打发着自己的时间，现在已经卖了旧卡车准备退休。老迈之躯拖着老车奔走的生活也时日无多了。

去年冬天我和父亲一起去了釜山一趟。搭高铁或开京釜高速公路肯定方便舒适得多,但我们想要尽可能地慢慢体味路程与时间,从首尔到江陵,又从江陵到釜山,我们奔驰在依傍着海岸的国道上。

现在走着的这条路上,满是比看起来更靠近、比想象中更快速接近我们的风景。听着时不时传来的鸣笛声,揉揉眼睛,挥挥手,我们就这样与这些风景擦肩而过。

贺！朴舟宪满周岁

突然想到我好像从来没有自己掏钱买过毛巾。我在晾洗好的衣服时突然想到了原因。舟宪的周岁礼、奶奶的七十大寿、新开的年糕店、涟川小学校友运动大会……全都是别人送的。每一天，我将洗好的脸深深埋进这些良缘的怀抱之中。

中央医院

我这辈子第一次去的综合医院是一所小区里的小医院。医院里有肚子痛的人、眼睛痒的人、感冒的人，也有被带来割包皮的小孩子。人体是复杂的，但就某个层面来说又是无比单纯的。只要能做到饮食均衡、多喝水、注意保暖、睡眠充足，一般来说都可以让我们身上的小毛病消失得差不多。到医院打个针、吃医生开的药，就可以使病症减轻一些。

但是有一种病，不管我去哪家医院几次、吃多少药、打多少次针都好不了，让我身上不舒服的地方、不舒服的症状日渐增加，这种病叫作"妈妈病"。

小区里的母亲们捧在胸口的药包，那红、黄、蓝三色混杂的药丸的斑斓色泽，在我眼里美丽得近乎无情。

血肠和革命

我喜欢血肠,因为它有种类似肉的味道。我也喜欢小吃店里覆盖在血肠上的塑料膜被掀起来时热气蒸腾的样子。如果升起的热气比较少,就代表不久前有其他人买了血肠;如果掀起来时热气腾腾,我便会想,原来已经有一段时间没有人来买血肠了啊。人跟人的饥饿感仿佛被联结起来,让我心中有种奇妙的感觉。卖血肠的小贩会在我这么想的时候问我要不要加猪肝和猪肺,我便会回答不要猪肝。自从听朋友说过一件关于猪肝的事情之后,我一向这么回答。

朋友教我分辨好吃的猪肝的方法,这个方法比想象中的简单。动物的肝在身体中扮演储藏蛋白质的角色。如果猪在被宰杀之前的喂养状况良好,猪肝的表面不仅光滑,还带着一点粉红色,吃起来口感也很好。若是猪肝表面有许多孔洞并且色泽暗沉,就代表活体并没有受到良好的喂养,这样的肝脏通常吃起来口感干硬。

尽管我没有确认过这个说法是否有合理的科学根据,但听过那些话之后我便不再吃猪肝。看着被好好喂养之后才死的猪的肝,心情总是不太好;看着没有被好好喂养就死了的猪的肝,心里更不会好受到哪里去。这种感受和吃肉时会产生的那种基本的罪恶感又带着不同的质感。

不久之后我也不吃猪肺了。那是在我去过太白一趟之后的事。十多年前的秋天,我带着要投稿到新春文艺[1]的原稿前往太白,对于当时的我来说,太白就像世界的尽头。太白之后便再无其他。我在太白的一天很简单——写诗和读书,还有简单地买点血肠之类的东西充饥。我主要在旅馆房间里写诗和吃血肠。而书,我会坐在旅馆附近一家医院的长椅上读。当

---

1. 每年由各报社联合举办,以发掘新人作家为目标的征文活动。

时那家医院的名称是太白中央医院,过去曾被称为长城医院,现在则更名为太白工伤医院。病患大多是罹患尘肺病的退休矿工。

从他们那里听来的故事,很多时候比我带去的书里的内容更弥足珍贵。矿坑的意外崩塌一向伴随着重大人员伤亡,使最多人牺牲的原因通常不是被困而饿死或窒息死,而是因地下漏水事故而溺死,像这样渺茫遥远又令人揪心的故事就是那段时间听来的。他们的对话总是掺杂着咳嗽声,他们的咳嗽声粗糙到让人难以相信那竟然是从人体内发出的。待到傍晚,带去的书没看几页我便会起身离去,外带一份血肠回到旅馆。虽说是个奇怪的结论,不过我正是从那时起不再吃猪肺。

我还有另一段常吃血肠的时期。那是在我一无所获地从曾经以为是尽头的太白归来，再次领悟到自己能做的事并不多的时候。我穿着蓝色的工作服。虽然以前打过不少工，但这次找到的工作说不定一做就是一辈子。那是一份在机场跑道上装卸货物的工作。每天上午的事情多到人类无法负荷的程度，但到了下午空闲时间，通常会两三个小时没事做。起初我很开心可以用这段时间看书，但随着渐渐和同事变熟，我开始和他们以酒为赌注，踢上两三个小时的足球。

我们通常在一家邻近的餐馆喝酒。那是一家有着腥香味恰到好处的血肠和白切猪肉的小店。第一轮单吃血肠和白切猪肉，第二轮会把血肠和白切猪肉加上青紫苏叶、洋葱和调味酱拌炒，第三轮用剩下的酱料拌饭来吃。当然了，他们还一定会在那家店里喝到拿着筷子当麦克风大声唱歌才算告一段落。

生命在那个时候比任何时刻都更真实、更简单明白,然而我内心的委屈越来越深,都是那个自己的人生正一步步远离诗和文学的想法害的。我一点也不可惜那一首首近乎盲目写下的诗的习作,但二十几岁的那几年,追赶着自己、倾尽心力写作的那些时间变得什么都不是,这个想法折磨着我。很快我便辞掉了那里的工作,想寻求与文学有关的新职场。

不过原本的工作在某种程度上也算是好不容易才得到的,在找到新的工作之前我只能对家人隐瞒这件事。每天早上我会搭公交车去西大门的"四·一九"革命[1]纪念图书馆。虽然家附近也有图书馆,却有不小心碰上家人的风险,而西大门那家是我高中时每到放假就当成读书室成天泡在里面的地方,让我心情很自在。图书馆晚上六点关门,需要学习到更晚的人

---

[1]. 一九六〇年三月,由于韩国总统李承晚在第四任总统选举时作票舞弊,导致学生及民众抗议,最终推翻了李承晚的独裁统治。该运动在四月十九日规模最大,故称"四·一九"革命。

不太会选择来这里,所以无论何时我都可以轻松占用阅览室的书桌。

一进图书馆,最为显眼的是玄关墙面上挂着的由金大中总统所题的"四·一九继承民主精神"。当然,当年只是个高中生的我看不懂"继承"的汉字,便径直走上题字前方的阶梯。

不是去上班而是去图书馆的我和高中时候的我不一样,待在资料室里的时间比在阅览室多。图书馆里新进书籍大多已被借走,原有馆藏也不算多,不过对于阅读经历尚浅的我来说,那里的书已经非常丰富了。我定了几个原则:在那里只能读文学领域之外的书;只要选了某本书,就要把它读完。除了历史、哲学或社会科学的图书外,还有园艺、巫俗、医学等我缺乏相关基本知识的领域,拿到哪本我就读哪本。纵使大多数的书对我来说难以理解,不过只要是印刷品,只要是书,不管怎样我都喜欢。

原本只通过历史课本粗浅认识的近代史,也是在那个时期有了更深入的了解。那个图书馆建造的地点,正是推动四舍五入修宪[1]的主要角色李起鹏[2]的宅邸原址,因此图书馆中有关"四·一九"革命与革命前后历史的藏书尤为丰富。像是他因为想让自己的儿子走后门进入首尔大学法律系,

---

[1] 四舍五入修宪:一九五四年十一月大韩民国宪法第二次修宪的名称。一九五四年大韩民国宪法规定,总统任期四年一任,可连任一次。李承晚总统到一九五六年任期届满不得连任,为了能够续任总统,提出修宪。当时有议席二百〇四席,在籍议员二百〇三名。其中,赞成修宪的一百三十五名,反对修宪的六十名,弃权的六名,无效的一名,缺席的一名。当时规定修宪要有三分之二的议员同意才能通过,亦即须一百三十六票,所以国会副议长崔淳周宣布修宪不获通过。但是总统李承晚和他的自由党(大韩民国)用数学上的四舍五入当作通过依据,称二百〇三票的三分之二是一百三十五点三三,根据四舍五入原理,即一百三十五票,可以通过。翌日,国会副议长撤回修宪不获通过言论,反对党议员退出国会,只有执政的自由党在场,修宪获通过。

[2] 李起鹏(一八九六年十二月二十日至一九六〇年四月二十八日),大韩民国政治人物。曾担任李承晚的秘书,参与创建自由党,一九五四年当选第三届国会议长,主导"四舍五入修宪",被视为李承晚总统的接班人,其宅邸被挪揄为"西大门景武台"(青瓦台前身)。一九五六年参加副总统竞选失败,一九六〇年再次参加副总统选举并当选,后因不正当选举被曝光,引发"四·一九"运动而辞职。当年四月二十八日凌晨,李起鹏与夫人朴玛丽娅、次子李康旭被长子李康石(陆军少尉、李承晚的养子)用手枪杀害,李康石随后自杀。李起鹏的家宅被政府收回,建为"四·一九革命纪念图书馆"。

遭到强烈抨击而失败,最后把儿子送进陆军士官学校的故事;把那个儿子送给李承晚总统当作养子的故事。当时担任梨花女大副校长的李起鹏夫人朴玛丽娅女士在马山市民抗争后表示:"历史的雄辩已经为我们证明,唯有懂得顺从神的法则、懂得对神感到敬畏的国民,才能建设出伟大的国家。该怎么做才能培养出敬畏神的国民呢?我得出一个结论,那就是必须做好宗教教育才行。"她在《梨大学报》中留下了这篇充满疑点且字句丝毫无法引起共鸣的文章,这件事我也是在那个时期才知道的。

某一天我从图书馆返家,问爸爸"四·一九"的时候他在做什么。我得到了一个平淡的回答。爸爸那年正在上小学,当时他在附近的钟岩警察局,那里的警察全都逃跑了,他跑去厕所偷走习字纸之类的东西,拿来做成毽子的穗踢着玩。

文章从血肠、猪肝和猪肠开始，经过文字习作期、太白和图书馆，最后来到"四·一九"。我把一切都当成过去，却也有可能一切都还没过去，这样的想法搅乱了文章的结尾。愤怒和羞耻的情绪随之而来。在一番苦恼后，我删除了原本写在最后的两三个段落。然而我相信，即使不曾被任何人阅读，光是被写下来，文章就蕴含了自己的能力和力量，就像藏在心中的愿望，或是咬着牙下定的决心。

死亡和遗书

很多时候我会觉得作诗就像写遗书。或许是因为这世界太多已经消逝或正在消逝的事物,也因为我的作品总会不经意记录下这众多的消逝。

我写下消逝的事物留下的遗言,从这一点来看,我的诗与其说是创作,不如说是采访或是代笔。我在骊州梨浦洑收到南汉江留下的遗言,在尚州堡收到来自洛东江的遗言,然后写成文字。我曾在釜山影岛听见起重机下方传来被资本主义碾毙的劳动精神的哭声,也曾在济州江汀村轻抚Gureombi[1]的遗体。我在那些地方唯一能做的事,就是用名为诗的体裁为他们代笔遗书。

---

1. Gureombi:曾坐落于济州岛江汀洞海岸的巨大火山岩被称为Gureombi,是一块长达一点二公里、一体成形的巨岩,也是许多濒危生物的珍贵栖息地。洁净的涌泉水自岩石间涌出。江汀洞村民将此地视为圣地,将Gureombi岩石视作具有生命的岩石。二〇〇四年韩国环保署将此地区划为"绝对保护地区",并在二〇〇六年将江汀洞选定为"优良生态村"。然而,韩国政府单方面强行指定该地为济州海军基地,居民与市民们为了保护Gureombi而爆发抗争。但是在二〇一二年三月七日,针对部分Gureombi岩石的爆破行动启动,经过多年,Gureombi岩石已被覆盖在水泥底下。

我也曾亲笔写下自己的遗书,那是在当兵的时候。结束新兵训练后,我被军用卡车载往某个地方。开过抱川之后,会有一片广阔平原跃进眼里。那是铁原。到达部队后我最先做的事是剪指甲,然后提笔写遗书。军队前辈一边在我的袜子、内衣上写下中队和小队名称,一边说战争一旦爆发随时都可能会死,所以要先在这里把遗书写好。前辈还补充道,如果想要逃最好往南走,因为军营周边还有很多地雷残留,一定要小心。

想来这些话都是吓唬新兵的幌子,然而对当时还没看破这一点的我来说十分沉重。我一点一点地写下自己的遗书,写了满满两页纸,内容却都无关紧要。简单来说,就是"谢谢""对不起""我爱你"的不断重复。同我一起写遗书的战友们所写的内容和我也没有太大差别。

退伍后，我陆陆续续又看过几封遗书。有些来自幸运地在企图自杀时止步的人，也有些很遗憾地出自已经离开人世的人之手。这些遗书的内容绝大多数并非血泪交织的愤怒，而是关于感谢、歉意和爱。我曾想，遗书或许是世界上最平和的文字。因为那超越了对他人的宽恕与和解，是在向自己即将到来的死亡致以安慰与哀悼。

不久前，部分遭到双龙汽车解雇的劳工在熬过七年时间后得到复职。那可能是比死亡更接近死亡的一段时间。那段时间，共有二十六位被解雇的劳工和家属离开人世。其中一半以上的人死于自杀，并且有相当数量的人没有留下遗书便弃世而去。

在这个让人连一封遗书都不曾留下，直到生命最终的瞬间仍耽溺于愤怒、悲伤和自责中的世界上，我们若无其事地活下去。我们活在这个人失去人的世界，活在劳动失去劳动的世界，活在法治失去法治、河流失去清澈的世界，活在死亡四处蔓生、悼念和悲伤却总是与政治挂钩的世界。

我写下从消逝的事物那里得来的遗言，并不是为了抓住他们的流逝，也不是为了把他们像化石般留存在文字里。说得残忍一点，我的诗里之所以存在大量的悼念与悲伤，是为了将那些消逝的事物完全遗忘。想要完整地存在，就必须被完全地消灭。当我们曾存在的事实已无人知晓，或许才能小心翼翼地谈论"永远"。

在我看过的遗书之中，最美丽的一份来自儿童文学作家权正生先生。以下引用权正生先生遗嘱中的一部分，作为本文的遗言。(参考财团法人权正生儿童文化财团官方网站)

虽然不知道什么时候会死，但如果能死得浪漫一点就好了。可是，我大概也会像以前我们家的狗死的时候一样呼噜呼噜地喘气，在咽下最后一口气之后气绝而死吧。双眼欲闭未闭，失神地张着嘴巴，像个傻瓜般死去。我最近老是发火，想要像天使般平静地死去是没可能了。

所以，我想要一断气就立刻被火化，然后让骨灰四处飘洒。

要说这是一份遗嘱，或许既没有像样的格式，又太过语无伦次，但出自我权正生之手这一点是毋庸置疑的。

只要一死，痛苦、悲伤、寂寞都会跟着结束，令人微笑的事和令人发怒的事也是。所以，我要勇敢地死去。若是死后可以投胎，我想生作一位健康的男人，然后在二十五岁和二十二、二十三岁左右的女生谈恋爱。我不会紧张得发抖，会好好谈一场恋爱。不过即使重生，这个世界肯定还是存在着愚昧的统治者，战争或许仍在肆虐。如果是那样的话，我可能也会想想就放弃投胎。

二〇〇五年五月一日

权正生笔

我内心的年龄

风很凉。深吸一口气,冰冷的空气在鼻腔和胸腔之间盘绕。用身体体会到呼吸道原来是这样相连的,这种感觉格外新奇有趣。我又多深吸了几口气,结果马上就咳了起来。

活在这个世界上,很多时候我们必须面对难以承受的困境。有时因为不正当的、令人含冤的事而得了心病,有时也会对自己造成的错误而感到自责,在内心里逼迫、苛责着自己。

但是,不管心事再怎么沉重、尖锐,我们都可以欣然将自己交付给时间。漫长的人生终会像衣物一样渐渐褪色,难以形容这个事实带给我多大的慰藉。

又到了新年,我想公平地为心中无数的心事也添上一岁。

年

新的时代或许不是在翻完旧的日历时到来,而是在我望着你或你凝视着我的时候,诞生于彼此的眼眸之中。

走出

那年莲花里

深夜浮现的那些思绪

大部分都在准备随时离我而去。

关于作者

朴濬 | 박준

1983年出生于首尔。2008年通过《实践文学》步入文坛,2012年出版诗集《为你取名字花了好几天时间》,获得韩国申东晔文学奖;2017年出版首部随笔集《就算哭泣不能改变什么》,获得韩国当代青年艺术家奖;2018年出版诗歌集《我们可以一起赶梅雨》,获得韩国片云文学奖、朴在森文学奖;2021年出版最新散文集《季节散文》。

朴濬有着纤细敏锐的观察力,擅长将平淡的回忆抽丝剥茧,化作真实细腻的文字。让人每每阅读时,总会在不经意间落泪,他也因此被称为"爱哭诗人"。是韩国近十年来最受欢迎的青年诗人、散文家之一。

关于译者

胡丝婷

台湾政治大学韩文系毕业。兼职翻译,曾任韩商行销工作。译有《就算哭泣不能改变什么》《世界尽头我的女友》《海浪本为海》和漫画《未生》等作品。

当文字黏着生活的每个缝隙,才发现将它们兑水发酵、捏扁搓圆原来是种体力活。

大鱼讀品

磨铁图书旗下子品牌

让日常阅读成为砍向我们内心冰封大海的斧头。

大鱼读品·韩国文学

- 《82年生的金智英》
- 《熔炉》
- 《请照顾好我妈妈》
- 《素食者》
- 《我要活下去》
- 《白》
- 《橘子的滋味》
- 《黄柠檬》
- 《不便的便利店》
- 《杀手的记忆法》
- 《单纯的真心》
- 《就算哭泣不能改变什么》
- 《明亮的夜晚》

责任编辑	张奇
特约监制	冯倩
特约策划	任菲 赵士华
特约编辑	金玲
版权支持	冷婷 朱雯 李想
营销支持	金颖 黄筱萌 王舞笛
装帧设计	别境Lab
封面插画	柴冬
官方豆瓣	大鱼读品
官方微博	大鱼读品BigFish
媒体联络（投稿）	hgwxgzs@xiron.net.cn

公众号
大鱼读品BigFish